KB052727

내 아버지 김홍도

낮은산 12
키큰나무

내 아버지 김홍도

– 아버지와 아들이 길어 올린 결정적인 생의 순간들

2014년 2월 20일 처음 찍음 | 2015년 12월 15일 세 번 찍음

지은이 설흔 | 펴낸곳 도서출판 낮은산 | 펴낸이 정광호 | 편집 강설애 | 디자인 박대성 | 제작 정호영 | 영업 윤병일
출판 등록 2000년 7월 19일 제10-2015호 | 주소 04048 서울시 마포구 독막로9길 23 아덴빌딩 3층
전화 02-335-7365(편집), 02-335-7362(영업) | 팩스 02-335-7380
홈페이지 www.littlemt.com | 이메일 littlemt2001ch@gmail.com | 트위터 @littlemt2001hr
제판·인쇄·제본 상지사 P&B

ISBN 979-11-5525-014-3 43810

이 도서의 국립중앙도서관 출판시도서목록(CIP)은 서지정보유통지원시스템 홈페이지(http://seoji.nl.go.kr)와 국가
자료공동목록시스템(http://www.nl.go.kr/kolisnet)에서 이용하실 수 있습니다. (CIP제어번호 : CIP2014003190)

내 아버지 김홍도

아버지와 아들이 길어 올린 결정적인 생의 순간들

설흔 장편소설

낮은산

일러두기

1. 김홍도와 관련된 인용문 대부분은 『단원 김홍도』(오주석 지음, 열화당)에서 가져왔지만,
「단원기」를 비롯한 몇몇은 『단원 김홍도 연구』(진준현 지음, 일지사)와 『표암유고』(김종진
외 옮김, 지식산업사)를 참조했습니다. 정판교의 글은 『중국 옛 그림 산책』(조송식 지음, 현
실문화)에서, 『금강경』의 번역문은 『도올 김용옥의 금강경 강해』(김용옥 지음, 통나무)에서
가져왔습니다.
2. 그림의 해석은 『단원 김홍도』, 『단원 김홍도 연구』, 『오주석의 옛 그림 읽기의 아름다움
1,2』(오주석 지음, 솔) 『화인열전 2』(유홍준 지음, 역사비평사), 『그림, 문학에 취하다』(고연희
지음, 아트북스), 『이인문의 강산무진도』(오주석 지음, 신구문화사) 등을 참조했습니다.
3. 인용문은 필요한 경우 문장을 약간 다듬거나 바꾸었습니다.
4. 이 글은 소설입니다. 그러므로 그림을 그린 시기나 정황은 실제와 일치하지 않을 수 있습
니다.

차
례

태수는 늙도록 아들이 없었는데 이 산에서 빌어 아들을 얻었다.

그가 착한 일을 쌓았기 때문에 얻은 경사이다.

소동파는 '사물의 성패는 서로의 인과를 좇아서 끝없이 이어진다.'고 했다.

오래된 암자가 살아남게 되었다.

고승의 발원과 어진 태수의 치성이 있었던 까닭이다.

– 「연풍군 공정산 상암사 중수기」에서

이야기의 시작

숫을대문 집의 주인

1

주인 없는 방에 나 홀로 앉았다.

솟을대문 밑에서 나를 기다리던 겸인은 아무런 말도 없이 곧바로 돌아서선 방으로 안내했다. 방 앞에 이르러선 억양 없는 목소리로 이렇게 말했을 뿐이다.

"들어가 기다리십시오."

그걸로 겸인의 역할은 끝이었다. 냉정히 돌아서는 뒤통수에다가는 사소한 질문 하나 던지기 어려웠다.

햇빛이 유난히 좋은 날이었다. 작정하고 덤벼드는 햇살에 눈을 가늘게 뜨고 걸어야 할 정도였다. 밖이 환한 만큼 안은 어두웠다. 손등으로 눈을 비볐다. 끄끅, 소리가 났다. 서너 번 깜빡이자 눈물이 살짝 흐르면서 좀 나아졌다. 고개도 돌리지 않고 조심스럽게 방 안을 탐색했다. 소박했다. 눈에 보이는 가구라곤 낮은 책장과 책상 하나뿐이었다. 의외였다. 주인의 신분에 어울리지 않는 단출한 공간이었다. 수도 없이 많은 솟을대문 집을 드나들었다. 주인 없는 방에 홀로 앉은 것도,

그 방이 흡사 절간처럼 적막한 것도 이번이 처음이었다. 솟을대문 집에 사는 이들은 화려하고 떠들썩한 것을 좋아했다. 책상 위에 금붙이 한두 개쯤은 으레 놓여 있었고, 무리 좋아하는 이들답게 항상 친구들 서넛을 동반하고 나를 맞았다. 오늘은 달랐다. 나를 부른 주인은 아직 얼굴도 비치지 않았다. 차 한 잔 대접받지 못하고 절간 같은 방에 갇혀 있는 셈이었다. 기분이 그리 좋지는 않았다. 물론 화려하고 떠들썩한 것을 좋아하는 솟을대문 집에서도 사정은 마찬가지였다. 그들이 나를 부른 이유를 잘 알고 있기 때문이었다. 그러나 오늘의 씁쓸함에 비할 수는 없다. 나는 아예 수인(囚人)이었다.

'주인은 도대체 언제 오는 걸까?'

더 서 있기가 좀 그래서 자리를 잡고 앉기는 했다. 그러나 기다리는 시간이 길어질수록 내 마음은 점점 더 초조해졌다. 초조함이 목마름으로 이어졌다. 어금니 사이로 흐르는 침을 삼켰다. 혀로 입술을 살짝 핥기도 했다. 갈증은 사라지지 않았다. 익숙한 갈증. 어차피 침으로 해결될 갈증은 아니었다. 꼼짝 않고 앉아 있다 보니 이번엔 그게 또 불편해서 다시 자리에서 일어났다. 그 순간, 무엇인가가 내 마음을 탁, 건드렸다. 그리운 무엇인가가, 차가운 샘물같이 명징한 무엇인가가 조용히 내 이름을 불렀다. 연록아.

뒤돌아보았다. 있었다. 그림이 있었다. 아버지의 그림이 있었다. 열세 살 시절을 마지막으로 더는 볼 수 없었던 아버지의 그림이 거기 있었다.

그림 앞으로 끌리듯 다가갔다. 그림을 보는 순간 기억이 되살아났다. 아버지 팔목의 힘줄, 이마의 땀, 붓질을 잠깐 멈추고 생각에 잠긴 표정, 살짝 벌어진 입술, 그걸 지켜보다 주먹을 불끈 쥐었던 기억이 생생하게 떠올랐다. 솟을대문 집들을 다니면서 아버지의 그림을 여럿 보았다. 중장년 시절 그렸던 대작들이 대부분이었다. 이 그림은 달랐다. 이 그림은 내 앞에서 아버지가 그린 소품이었다. 나는 이 그림이 세상에 태어나는 순간을 직접 목격했다. 한 장의 평범한 종이가 아름다운 그림으로 바뀌는 현장에 내 몸도 함께 있었다. 가슴속에서 울컥하는 기운이 올라왔다. 열세 살 시절도 자연스레 함께 딸려 올라왔다. 손바닥이 뜨거웠다. 얼굴도 달아올랐을 것이다. 진정하자. 이곳은 내 집이 아니니까. 눈 감고 입술을 세게 깨물었다. 효과는 있었다. 점차 마음이 안정되었다. 다시 눈을 뜨고 그림을 보았다. 위에서 아래로, 오른쪽에서 왼쪽으로 보다가 아래에서 위로, 왼쪽에서 오른쪽으로 보기도 했다. 그림 앞으로 바짝 다가가서 보다가, 서너 걸음 뒤로 물러나서 보기도 했다. 서서 보다가, 앉아서 보기도 했다.

얼마나 시간이 지났는지 나는 모른다. 내 머릿속에서 시간이란 존재는 사라진 상태였으므로. 방문이 살짝 열리더니 주인이 들어왔다. 주인은 웃으며 이렇게 말했다.

"그림은 충분히 보았는가?"

2

그러니까 나를 혼자 방 안에 둔 건 그의 계산된 배려였다. 사려 깊은 그는 나 혼자 그림을 볼 수 있도록 일부러 자리를 비웠던 것이다. 방 안에 홀로 있을 때의 쓸쓸함이 처음 그 쓸쓸했던 크기만큼의 호기심으로 바뀌었다.

'이 사람은 도대체 어떤 이일까?'

세간에 널리 알려진 그를 말하는 게 아니었다. 그런 쪽에서라면 그라는 인물에 대해 궁금한 게 없다. 선왕인 정조의 사위이자 금상의 매제인 그는 서화 애호가이자 명문장가로 이름이 높았다. 그랬기에 그의 집으로 오는 동안 내 마음은 쉬지 않고 격하게 콩닥거렸다. 솟을대문 집을 드나드는 데 이력이 났음에도 흔들리는 마음은 좀처럼 진정이 되지 않았다. 그처럼 높은 신분의 인물이 나를 부른 적은 한 번도 없었으므로. 그런 그에게서 내가 가장 먼저 접한 것은 다름 아닌 '배려'였다. 때문에 방 안에 들어와 앉은 그가 무슨 용건을 꺼내 놓을지 몹시 궁금했다.

"자네를 부른 건 자네 아버지 때문이라네."

잔뜩 부풀었던 기대가 허망하게 쪼그라들었다. 그의 말은, 평범했다. 너무도 평범해서 평범하다 말하기도 민망할 지경이었다. 그의 말은, 내가 늘 들었던 상투적인 말이었다. 솟을대문 집에 사는 이들은 공모라도 한 것처럼 항상 그 말부터 시작했다.

아버지가 세상을 떠난 지 이미 이십 년 가까이 되었다. 무덤 속 아버지의 살은 흔적도 없이 사라졌을 것이다. 그러나 그림은 그 긴 세월을 꿋꿋하게 살아남았다. 아니, 살아남았다고 말하는 것으론 부족하다. 아버지의 그림은 해가 갈수록 사람들에게 사랑받아 이제는 아예 '화선(畫仙)'의 그림이라고까지 불리게 되었다. 솟을대문 집에 사는 이들은 시간이 많은 법이다. 그런 까닭에 그들은 유독 서화를 애호한다. 그런 그들에게 아버지의 그림은 으뜸가는 수집 대상이 되었다. 아버지의 그림을 사 모은 이들은 대부분 소장하는 것으로 만족하지 않는다. 그들은 그림 이상의 것을 원하는데 그 대상이 바로 나다. 그들은 아버지가 남긴 유일한 아들인 나를 불러 아버지에 대한 이야기를 듣고 싶어 한다. 내로라하는 이들의 부름이니 내게는 선택의 여지가 없다. 형식은 초청이나 실제는 강제나 다름없다는 말이다. 그래서 나는 솟을대문 집을 내 집 사립문짝 드나들듯 바쁘게 드나들어야만 했다. 내가 할일은 정해져 있다. 아버지의 그림을 함께 감상한 뒤 아버지에 대한 이야기를 들려주는 것.

물론 나는 아버지와 나만 아는 내밀한 이야기는 꺼내지 않는다. 세상에 제법 알려진 이야기를 적당히 윤색해 들려준다. 서화에 관심이 많은 이들이니만큼 그들은 이미 그런 유의 이야기를 어디선가 한 번은 접했을 것이다. 그럼에도 그들은 처음 듣는 이야기인마냥 눈을 크게 뜨고 머리를 끄덕이며 집중했다. 이유는 간단하다. 다른 누구도 아닌 아버지의 아들인 내 입에서 나오는 이야기이기 때문이다. 그러니 고귀한 그의 입에서 오랜 침묵 끝에 나온 말은 나에겐 하나도 새롭지 않았다. 고작 그 말을 하기 위해 심사숙고했다고 생각하니 경멸스럽기까지 했다.

그렇다고 입을 다물 수는 없다. 자리에서 일어날 수도 없다. 내 마음이 어떻건 솟을대문 집에 들어선 이상 내 의지대로 행동할 수는 없다.

판에 박힌 일장 연설을 앞둔 나는 침부터 삼켰다. 무슨 이야기부터 들려주어야 내 앞에 앉은 고귀한 그가 이야기에 흠뻑 빠져들어 눈물 흘리며 감동할까 고민했다. 아니다. 그 전에 물부터 달라고 할까? 별것도 아닌 일로 고민하는 사이 그의 또 다른 말이 이어졌다.

"자네를 부른 건 자네 아버지 때문만은 아니라네."

순간 내 귀를 의심했다. 갈증이 사라졌다. 입도 저절로 벌어졌다. 그는 내게 무슨 말을 한 건가? 조금 전 그는 나를 부른 건 아버지 때문이라고 했다. 그런데 지금 그는 나를 부른 건 아버지 때문만은 아니라 말한 것이다. 그는 아예 이렇게도 말한다.

"그러니까 내가 자네를 부른 건 바로 자네 때문이기도 하다는 뜻일세."

3

그는 책장에서 화첩 하나를 꺼내 책상 위에 놓았다. 표지를 본 나의 가슴이 두 번 요동쳤다. 한 번은 놀라움으로, 또 한 번은 기쁨으로.

『해산첩』이다. 듣기는 들었으나 한 번도 보지 못한 아버지의 화첩, 『해산첩』이 내 눈앞에 놓여 있었다. 일찍이 아버지는 정조의 명령을 받들어 금강산 일대를 두루 다니며 그림을 그려 바쳤다. 그 그림이 두루마리로 된 대작 「금강산도」였다. 그러나 아버지가 그려 바친 그림이 「금강산도」만은 아니었다. 아버지는 임금이 원하면 언제 어느 곳에

서든 볼 수 있게 작은 그림들도 그렸는데, 그것들을 묶은 화첩이 바로 『해산첩』이었다. 그림을 그린 유래에서 짐작할 수 있듯 『해산첩』은 왕실 소장품이다. 나 같은 사람이 함부로 볼 수 있는 화첩이 아니라는 뜻이다.

무례를 무릅쓰고 고개를 들어 그의 얼굴을 보았다. 그가 고개를 끄덕였다. 고개를 숙여 고마움을 표했다. 심호흡을 하고 천천히 화첩을 펼쳤다. 아버지의 그림이 나타났다. 아버지가 그린 금강산 그림이 눈앞에 나타났다. 내가 태어나기도 전에 아버지가 그린 금강산 그림이 드디어 눈앞에 나타났다. 아버지가 그린 금강산 그림은 아버지처럼 정갈했다. 바위도, 나무도, 강물도 꼭 아버지 같았다. 그리고 바위, 나무, 강물보다 더 풍성한 여백들! 아버지가 그린 금강산 그림에서 나는 아버지를 보았다. 말년의 시름 많던 아버지가 아닌, 생기 넘치던 시절의 활발발하던 아버지를 보았다. 한 장, 한 장, 천천히 넘겼다. 그림을 보기 위해, 아버지를 보기 위해, 한 장, 한 장 오래 들여다보다 천천히 넘겼다. 나는 아예 내가 그의 집에 있다는 사실을 잊었다. 그림 한 장에 추억 하나가 곁다리 양념처럼 함께 떠올랐다. 구태여 그것들을 몰아낼 생각도 하지 않았다. 표암 선생이 떠오르면 표암 선생이 떠오르는 대로, 생황 소리가 들려오면 생황 소리가 들려오는 대로, 달빛이 보이면 달빛이 보이는 대로 내버려 두었다. 아, 어, 소리가 절로 흘러나왔다. 그렇게 나는 금강산 봉우리를 한숨과 감탄, 오래된 추억들과 함께 오르고 내렸다.

금강산에 봉우리가 수도 없이 많다고 해도 일만이천 봉뿐이다. 금강산을 두루 다니며 오십여 일 동안 그림을 그렸다 해도 결국 한정된 숫자의 그림일 뿐이다. 갑자기 그림이 끝났다. 내 추억도 함께 사라졌다. 눈앞이 캄캄해졌다. 온몸의 기운이 쭉 빠졌다. 한참 만에야 그의 얼굴이 다시 보였다. 그가 턱을 살짝 치켰다. 더 보라는 뜻이었다. 무릎에 힘을 주고 화첩을 보았다. 그림이 사라진 화첩에 글 한 편이 보였다. 아버지의 글씨는 아니었다. 아버지와는 다른 세계에 사는 이의 글씨였다.

"연천 선생께서 화첩을 보고 쓰신 글이라네."

연천 선생이 누구인지는 나도 잘 알고 있다. 연천 선생은 그의 형이었다. 노련한 정객 연천 선생은 화첩 말미에 글을 썼다.

내 동생은 어린 나이에 부마가 되었다. 세상을 경륜하는 학문에 뜻을 두었어도 조정에 나아갈 수 없게 되었다는 뜻이다. 그래서 글씨와 그림을 좋아하게 되었다. 지금껏 모은 두루마리가 수백 권가량 된다. 나는 차라리 다행이라 생각했다. 두루마리에 빠져 있다 보면 부마가 범하기 쉬운 두 가지 근심스러운 일을 멸할 수 있을 것이니. 다행히도 그가 소장한 것 중엔 꽤 큰 즐거움을 주는 것들이 많았다. 하루는 김홍도 군이 그린 「해산도」를 얻어 내게 보여 주었다. 선왕께서 명하여 그리게 한 것이다. 내 가만히 있을 수 없어 화첩 끄트머리에 제를 달고 내처 이 방향으로 나아갈 것을 말하여 힘쓰게 한다.

"두 가지 근심스러운 일이 무엇이냐고? 권태에 빠지는 것이 그 하나이고, 사소한 이익을 다투는 게 다른 하나일세. 어쩌면 둘은 하나일지도 모르지만. 자네는 하나도 궁금하지 않을 테지만."

그가 혼잣말하듯 담담하게 속내를 밝혔다. 아버지의 금강산 그림을 보며 나는 아버지의 활발발하던 시절을 생각했다. 아버지의 금강산 그림을 보며 연천 선생은 부마가 되어 어쩔 수 없이 서화에 몰두해야만 하는 동생을 생각했다. 글을 읽고 보니 그가 달라 보였다. 나는 그를 나와 다른 세계에 사는 이로 여겼다. 솟을대문 집 중에서도 가장 큰 솟을대문 집에 사는, 부족한 것 하나 없는 이로 여겼다. 연천 선생의 글을 읽고 보니 그의 얼굴에 깃든 어두움이 보인다. 차마 그림으로 그릴 수 없는 깊은 어두움이 보인다. 저런 종류의 어두움은 먹물로는 표현할 수 없다는 걸 나는 잘 알고 있다. 그가 내게 묻는다.

"자네는 왜 훈장 일을 하는 건가?"

4

갑작스러운 질문에 내 몸과 마음이 허둥댔다. 내가 드나들었던 솟을대문 집의 주인들은 나이도 달랐고 생김새도 달랐고 취향도 달랐다. 그러나 내게 기대하는 것은 판에 박은 듯 똑같았다. 입을 맞춘 듯 똑같았다. 아버지였다. 그들은 나를 불렀으나 나를 부른 게 아니었다. 그들에게 나는 내가 아니라 아버지의 대리인이었다. 심하게 말하면 아버지의 추억을 전달하는, 말하는 꼭두각시에 지나지 않았다. 그런데 지금 그는 나에 대해 물었다. 모든 이가 궁금해하는 아버지에 대해 묻지 않고 아무도 궁금해하지 않는 나에 대해 물었다. 허리에 힘을 주었다. 오늘은 다른 날과 다르리라는 예감이 들었다.

"자네를 부른 건 자네 아버지에 대해 더 알고 싶었기 때문일세. 저토록 훌륭한 그림을 남긴 이에 대해 상세하게 알고 싶은 건 인지상정 아니겠는가? 그런데 조금 전 내 마음이 바뀌었다네. 『해산첩』을 보는 자네를 지켜보는데, 내 마음이 바뀌었네. 갑자기 자네에 대한 궁금증이 생겼단 말일세."

그의 설명을 듣기는 했으나 나로서는 할 말이 없었다. 그의 속내가 내게는 아직 오리무중이었다. 이런 종류의 말을 나는 들어 본 적이 없었다. 그래서 그저 그의 말이 이어지기만을 기다렸다.

"자네는 그림에 빠져 있었다네. 내가 옆에 있는 줄도 모르고 말 그대로 한동안 그림에 빠져 있었다네. 그림을 보고 즐긴다는 말로는 자네의 그 완전한 몰입을 표현할 수 없네. 그 모습이 말하는 바가 무엇이겠는가? 오직 하나, 자네는 천생 화가라는 뜻일세. 그림에 죽고 그림에 사는 천생 화가라는 뜻일세. 거기까지는 이상할 게 하나도 없네. 훌륭한 화가의 아들이 천생 화가라는 게 뭐가 이상하겠나? 하지만 가만 생각해 보니 앞뒤가 맞지를 않았네. 겸인은 분명 내게 자네가 훈장 일을 하고 있다 했네. 사실인가?"

"네."

"하나 더 묻겠네. 자네, 그림을 그리기는 하는가?"

"네."

내 대답이 그를 더 혼란스럽게 만들었다. 그가 고개를 갸웃하더니 눈을 가늘게 떴다.

"그림을 그린다? 그럼 혹시 화원이 될 생각은 안 해 보았는가?"

"열세 살 이후론 해 본 적이 없습니다."

"으흠, 혹시 그림을 그려서 팔기는 하는가?"

"아닙니다. 가까운 이들에게 주거나 제가 보관합니다."

"어허, 그것이야말로 더 이상하군. 그림은 그리되 업으로 삼고 있는 것은 아니고 팔지도 않는다, 이런 말인가?"

"네."

"이유가 뭔가?"

말을 마친 그가 손가락으로 이마를 두세 번 툭툭 두드렸다. 남자치곤 가는 손가락이었다. 하긴 그의 얼굴 또한 남자답지는 않았다. 수염은 옅고 얼굴색은 희었다. 그의 얼굴에 유독 깊은 어두움이 드리워져 보이는 것은 그 탓도 있을 터였다. 뭐라 답하는 게 좋을지 잠깐 고민했다. 이 남자라면……. 결정을 내렸다.

"불경을 아십니까?"

"불경?"

그가 웃으며 되물었다. 그 웃음이 나쁘지 않았다. 나는 그를 믿기로 했다. 나는 그 웃음을 담보로 오랫동안 머릿속에 담아 두었던 말 하나를 꺼냈다.

"아버지께서 이렇게 말씀하신 적이 있습니다. '여래(如來)가 왜 여래인지 아느냐? 온 곳도 없고, 가는 곳도 없기 때문이다. 난 여태껏 그걸 몰랐다.' 저는 불경을 잘 모릅니다. 이 말의 출처를 아십니까?"

"『금강경』에 나오는 말이라네."

속내를 털어놓기 전에 한 번 더 확인했다.

"제 이야기를 들으실 생각이 있으십니까?"

그가 고개를 짧게 끄덕였다. 그의 고갯짓을 보았으면서도 또다시 물었다.

"정말로 제 이야기를 듣고 싶으십니까?"

이번에는 조금 길게 고개를 끄덕였다.

"이야기가 제법 긴데 괜찮으시겠습니까?"

"한강의 모래가 얼마나 많은지 자네는 아는가?"

"모릅니다."

"나도 모른다네. 내가 아는 건 한강의 모래만큼 많은 것이 내게도 하나 있으니 그게 바로 시간이라는 물건일세."

그가 소리 내어 웃었다. 나도 따라 웃었다. 차마 소리 내어 웃지는 못하고 그저 빙긋 웃었다. 머리카락이 쭈뼛 서면서 옛 생각이 났다. 나는 아버지를 따라 참 많이도 웃었다. 무슨 뜻인지도 모르고 아버지가 웃으면 무조건 따라 웃었다.

나는 이제 그를 믿기로 했다. 그래서 웃음과 함께 열세 살 시절, 내 삶의 진정한 기원이라 할 열세 살 시절로 돌아간다. 유난히 시끌벅적하고 요란스러웠던, 유난히 차갑고도 뜨뜻했던, 나의 열세 살 시절로 돌아간다.

겨울,

그 시끄럽고 요란했던 겨울

1

 아버지의 고운 맨발이 제일 먼저 들어옵니다. 나도 모르게 고개부터
끄덕입니다.

 술에 취하면 아버지는 버선부터 벗었습니다. 웬만한 술에는 끄떡도
하지 않는 사람이 바로 아버지입니다. 함께 마시던 상대가 술을 이기
지 못해 소리를 높여도, 몸을 가누지 못해 마구 비틀거리다가 마침내
는 허리를 툭 꺾고 쓰러져도, 아버지의 모습에는 별다른 변화가 없었
습니다. 아버지는 얼굴을 붉히지도 않고, 목소리를 높이지도 않고, 허
리를 꺾지도 않았습니다. 다만 허허, 호탕하게 소리 내어 웃으며 버선
을 벗어 여인네처럼 고운 발을 드러낼 뿐이었지요. 언제부터 그 버릇
이 생겼는지 나는 알지 못합니다. 내가 태어나기 전일 수도 있고, 그
이후일 수도 있습니다. 버릇의 기원에 대해서는 별반 관심이 없습니다.
나는 그저 아버지의 맨발을 통해 아버지의 취기를 가늠할 뿐이니까
요. 여인네처럼 고운 아버지의 맨발을 통해 아버지의 취기, 그리고 그
자리에 함께한 이들의 취기까지 함께 가늠할 뿐이니까요.

아버지가 버선을 벗고 고운 맨발을 드러낸 지금의 방 안은 가히 '술의 나라'라 할 만합니다. 문턱 하나를 넘었을 뿐인데 전혀 다른 세상이 펼쳐져 있습니다. 밖은 제 세상 맞은 겨울이 주먹대장보다 더 큰 주먹을 마구 흔들어 대고 있는데 방 안은 제대로 무르익은 봄입니다. 잘 발효된 시큼한 탁주 냄새가 코를 찔러 나도 모르게 꿀꺽 침을 삼키게 됩니다. 서묵재 주인 박유성 어른의 얼굴에는 딸기같이 붉은 꽃이 앞다투어 여기저기 피어났고, 아버지의 둘도 없는 지기인 이인문 어른은 부처 같은 웃음을 부적마냥 아예 얼굴에 딱 붙였습니다. 박유성 어른이 오른손을 들어 흔들며 나를 반깁니다.

"오래간만이로구나. 밖에 눈이 많이 오느냐?"

어찌나 목소리가 큰지 귓속이 다 따끔거릴 지경입니다.(그래서 나는 고함 노인이라 부릅니다.) 나는 공손하게 대답합니다.

"네, 제법 많이 옵니다."

이인문 어른은 웃음 띤 얼굴로 수건을 건넵니다.

"험한 길 오느라 고생이 많았다."

"한달음에 올 수 있는 길이니 고생이랄 것도 없습니다."

아버지의 친구분들 중 내가 가장 좋아하는 분은 바로 이인문 어른입니다. 어른의 호는 고송유수관도인(古松流水館道人)입니다. 오래된 소나무, 계곡 사이로 흐르는 물과 함께 사는 도인이라는 뜻입니다. 굳이 이 멋진 호를 들먹이지 않더라도 어른은 도인처럼 온화하고 여유로운 분입니다.(그래서 나는 고송 노인이라 부릅니다.) 수건으로 얼굴을 닦으며 아버지를 봅니다. 붓을 든 아버지는 나를 힐끗 보더니 뜻 모를 노래를

흥얼거립니다. 고생했다는 말 한마디 없습니다. 순간 가슴속에서 뜨거운 기운이 입술로 확 올라옵니다.

눈이 내리기 시작한 건 대략 두 식경 전쯤부터입니다. 아버지의 화첩을 앞에 놓고 한참 그림 그리기에 빠져 있던 나를 어머니가 불렀습니다.

"아무래도 눈이 많이 내릴 것 같구나."

어머니의 말대로 하늘이 심상치 않았습니다. 검은 구름이 빈대떡 서너 장 합친 것보다 더 두껍게 낀 걸 보면 한바탕 눈이 쏟아질 게 분명합니다. 입술이 저절로 삐죽 나왔습니다. 붓질 몇 번만 더하면 그림 한 장이 완성될 순간이었거든요. 하지만 어머니는 그런 나를 빤히 보며 눈이 많이 내릴 것 같다고 말했습니다. 어머니는 눈을 염려하는 게 아닙니다. 서묵재로 놀러 간 아버지를 염려하는 것입니다. 그러니 어머니 말의 진짜 뜻은 이렇습니다.

'가서 아버지를 모시고 와라.'

입술은 삐죽거렸어도 나는 마음씨 고운 아들입니다. 속으로는 조금만 더, 조금만 더, 를 다급하게 외쳤지만 나는 그림을 완성하려는 마음을 단박에 접었습니다. 그러곤 짚신 신고 등롱 들고 눈길을 헤쳐 서묵재로 왔습니다. 그런데 아버지는 나를 '힐끗' 보더니 뜻 모를 노래만 중얼거립니다.

'한마디면 충분할 텐데.'

입술을 감쳐 물고 마음을 다잡습니다. 요즈음 나는 서당에서 논어를 배우고 있습니다. 오늘 배운 문장이 떠오릅니다.

26

'학생은 집에선 효도하고, 밖에선 공손해야 한다.'

공자님의 좋은 말씀으로 욱하는 마음을 꾹 누릅니다.

아버지 앞에 놓인 그림이 그제야 눈에 들어옵니다. 방 안의 사람들처럼 잔뜩 술에 취한 그림입니다. 고송 노인의 작품이 분명합니다. 크기와 형태를 조금씩 달리 그려 점차로 긴장감을 높여 가는 바위들 하며, 첫눈에는 거칠고 억세 보이나 자세히 보면 교묘하니 주위와 잘도 어우러지는 소나무 하며, 바위와 소나무의 거칠고 억세고도 유연한 기운을 적당히 받아들여 때로는 기세를 높이고 때로는 머리 숙이며 빈 곳을 부드럽게 흐르는 계곡 물이 그 증거이지요.

고송 노인의 그림이기는 하나 술에 취한 고송 노인의 그림입니다. 바위의 붓질은 지나치게 강하고, 소나무 가지는 제 무게를 지탱하지 못해 휘청거리고, 가지에 찍은 점들은 지나치게 크기도 하고 때로는 아예 나무에서 벗어나 있어 괴이하게까지 보입니다.

그럼에도 역시 고송 노인의 그림입니다. 강한 붓질, 휘청거리는 가지, 지나치게 큰 점들은 바위 위에 앉은 세상사에 달관한 모습의 두 인물과 그 나름대로 미묘하게 잘도 어울려 오히려 안성맞춤의 경지를 드러냅니다. 고송 노인의 조용한 웃음처럼 아름다운 그림입니다. 아, 좋다, 하고 속으로 중얼거리는데 붓을 든 아버지의 손이 보입니다. 고송 노인의 그림이 분명한데 왜 아버지 손에 붓이 있는 걸까요?

나는 곧바로 그 비밀을 깨닫습니다. 글씨입니다. 그림 위 여백을 당당하게 채운 글씨는 바로 아버지의 것입니다. '중세파호도(中歲頗好道)'로 시작하고 있습니다. 너무나 유명한 까닭에 공부가 깊지 않은 나 또

한 익히 잘 알고 있는 왕유의 시 「종남별업(終南別業)」입니다. 아버지의 글씨 또한 잔뜩 술에 취해 있기는 마찬가지입니다. 아버지가 말합니다.

"읽고 뜻을 풀어 보아라."

다른 때보다 더 심하게 흘려 쓴 아버지의 글씨를 암호문 해독하듯 끙끙대며 읽어 나갑니다.

"중세파호도, 중년에 이르러 도를 좋아하게 되어서. 만가남산수(晚家南山陲), 늙은 나이에 집터를 남산에 잡았네. 행도수궁처(行到水窮處)……."

읽다 말고 아버지를 봅니다. 중세파호도, 만가남산수 다음에는 흥래매독왕(興來每獨往), 승사공자지(勝事空自知)가 나와야 합니다. 그런데 아버지는 다섯 번째 구와 여섯 번째 구 '행도수궁처, 좌간운기시(坐看雲起時)를 먼저 써 버렸습니다. 게다가 雲과 時 사이에 있어야 할 起는 아예 빼먹었습니다.

"쯧쯧."

아버지는 비로소 자신의 실수를 깨달았습니다. 그러나 어쩌지요? 雲과 時는 딱 붙어 있어 새로 글씨를 써넣을 만한 공간이 없습니다. 이 사태를 아버지는 어떻게 해결할까요? 한참 고민하던 아버지는 결국 시의 끝에 조그맣게 '起'를 덧붙여 쓰고서야 붓을 내려놓습니다. 새로 등장한 '起'는 다른 글씨의 절반 크기밖에 되지 않습니다. 어쩔 수 없이 모습을 드러내긴 했으나 스스로 부끄러움을 견디지 못해 허리 숙이고 얼굴을 가리고 있는 꼴입니다. 하나 그건 '起'의 입장이 그렇다는 것입니다. 관대하고 호탕한 술의 나라에서 아버지의 작은 실수를 타박할 이는 아무도 없습니다. 고송 노인은 그럴듯하다며 고개를 끄덕거리고 고함 노인은 손뼉을 치며 외칩니다.

"몹쓸 그림은 육일당 주인에게나 주어 버리게."

"그럴까?"

아버지는 고송 노인처럼 고개를 끄덕거리고 고함 노인처럼 손뼉을 치며 크게 웃습니다. 아버지는 웃음을 지우지도 않은 채 금방 놓았던 붓을 다시 듭니다.

을축년(1805) 정월, 이인문과 김홍도가 서묵재에서 글 쓰고 그림을 그려 육일당 주인에게 준다.

아버지가 붓을 놓자마자 세 사람은 약속이라도 한 듯 또다시 큰 웃음을 터뜨립니다.

'육일당 주인이 누굴까?'

나는 육일당 주인이 누구인지 모릅니다. 육일당 주인과 세 사람 사이에 있었을 사연도 모릅니다. 그러니 잔뜩 취해 그리고 쓴 그림과 시를 육일당 주인에게 주겠다는 게 무슨 뜻인지 짐작도 못 합니다. 그러나 나는 이까지 드러내며 웃습니다. 세상에서 제일 우스운 이야기를 들은 아이처럼 활짝, 활짝 웃습니다. 아버지에게 품었던 약간의 짜증은 그 웃음과 함께 완전히 사라졌지요. 내가 웃으니 세 사람은 더 크게 웃습니다. 그 거나한 웃음판 와중에 아버지가 계속해서 발가락을 꼼지락거리는 게 눈에 들어옵니다. 발가락의 움직임이 참으로 활발해서 아버지의 의지와는 따로 움직이는 것처럼 보이기도 합니다. 제 의지를 가진 발가락! 활발하게 움직이는 발가락! 맨발의 아버지는 큰 소리로 웃고 발가락은 제멋대로 움직입니다. 그러니 더더욱 웃지 않을 도리가 없지요.

2

한바탕 웃음이 휩쓸고 간 자리에 갑작스럽게 침묵이 자리합니다. 관대하고 호탕하고 흥겨운 술의 나라에 사는 노인들은 어색한 침묵을 반기지 않는 법입니다. 고함 노인의 유난히 큰 목소리가 급하게 튀어나옵니다.

"어찌 되었건 올 한 해는 제법 기대할 만하지 않겠나?"

고함 노인의 말 한마디에 분위기는 다시 후끈 달아오릅니다. 아버지의 입에서 대왕대비라는 말이 나오고, 고송 노인의 입에서 시파며 벽파라는 말이 나옵니다. 나는 그 말들의 뜻을 잘 모릅니다. 그래도 그 말들이 하급 관원 축에도 들지 못하는 화원들의 입에서 나오기에 적당한 말이 아니라는 것만은 잘 알고 있습니다. 무서운 그 말들이 내 어깨를 움츠리게 합니다. 세 사람은 다릅니다. 평소라면 입에 담기조차 꺼렸을 이야기를 하면서도 조금도 거리낌이 없습니다. 오가는 이야기를 정확히 따라갈 수 없는 나는 그저 '대왕대비'라는 단어에 그 해답이 있다고 믿어 버립니다.

대왕대비, 정조 임금님이 죽고 난 후 어린 새 임금님을 대신해 나랏일을 좌지우지하던 대왕대비는 얼마 전에 세상을 떠났습니다. 대왕대비가 어떤 사람이었는지 잘은 모릅니다. 내가 아는 건 그저 왕실의 큰어른이 세상을 떠났다는 것뿐. 내가 아직 어렸을 적 정조 임금님이 세상을 떠났을 때가 기억납니다. 동네 사람들은 세상이 끝나기라도 한 것처럼 온몸을 던져 통곡했지요. 분위기에 휩쓸린 나 또한 덩달아 울어 댔고요. 나는 또 한 차례의 눈물바다를 각오했습니다. 내 예상은 완전히 빗나갔습니다. 할머니 몇몇만 울었을 뿐, 나머지 사람들은 한 방울 눈물조차 보이지 않았습니다. 우리 집도 마찬가지였습니다. 아버지는 말할 것도 없었고, 매끼 먹는 끼니처럼 늘 한숨을 입가에 달고 다니던 어머니의 얼굴에도 오래간만에 밝은 웃음이 자리했습니다. 나는 궁금증을 참지 못하고 어머니에게 물었습니다.

"왜 다들 곡을 안 해요?"

어머니의 대답은 엉뚱했습니다.

"고진감래라더니 그게 과연 참말이긴 참말인가 보다."

고진감래가 무슨 말인지는 압니다. 고생 끝에 낙이 온다는 뜻입니다. 왜 다들 곡을 안 하느냐고 물었더니 고진감래라는 답이 돌아왔습니다. 고진감래와 대왕대비의 죽음이 무슨 관계가 있는 걸까요? 나는 훈장님을 통해서 어머니가 말한 뜻을 어렴풋하게나마 이해하게 되었습니다. 미리 밝히지만 훈장님은 나를 별로 좋아하지 않습니다. 내가 학비를 제때 내지 못하는 까닭입니다. 눈이 마주칠 때마다 인상을 찡그리며 쯧쯧, 혀를 차기 바쁘던 훈장님이 며칠 전에는 나를 불러 생색을 냈습니다.

"학비에 대해선 너무 염려하지 마라. 살다 보면 어려울 때도 있는 것
아니겠느냐? 여유가 생기면 그때 내면 된다."

고마운 말이라 고개부터 공손히 숙였습니다. 하지만 쌀쌀맞던 훈장
님이 왜 그렇게 말한 건지 그 이유까지 알 수는 없었습니다. 돌아오는
길에 곰곰 생각했습니다. 그러다 나는 이렇게 결론을 지었습니다.

'그래, 대왕대비 때문일 거야.'

고함 노인이 손을 뻗어 내 어깨를 툭 치며 말합니다.

"어쩌면 네 아버지가 임금님의 은혜를 입어 다시 현감이 될 수도 있
겠지."

"아이한테 지금 무슨 말을 하는 건가?"

아버지는 고함 노인에게 화를 냅니다. 하지만 아버지는 진짜 화가
난 게 아닙니다. 아버지의 눈과 입에는 여전히 웃음이 걸려 있거든요.
아버지의 만류에도 고함 노인은 멈추지 않습니다.

"태평성세 시절에는 화원이 당상관*에 오른 적도 있었다는 걸 넌 알
고 있느냐?"

"어허, 그만하라니까."

아버지의 언성이 더 높아졌습니다. 여전히 말뿐입니다. 아버지의 얼

---

* 堂上官. 왕과 함께 나랏일을 논의하는 고급 관직으로, 정사를 볼 때 대청(堂)에 앉을 수
있는 자격을 갖춘 자를 가리키는 데서 나온 말.

굴에는 여전히 웃음이 걸려 있습니다.

"대왕대비는 그림에는 하나도 관심이 없었……."

"그만!"

"이제 그만하겠네. 미안하네."

자기 할 말 다하고 난 후에야 짐짓 당황한 척 급하게 사과하는 고함 노인의 얼굴 또한 아버지와 똑같습니다. 고송 노인은 술병을 들어 두 사람의 잔에 따르는 것으로 실제로는 다툼다운 다툼도 벌이지 않은 두 사람을 화해시키는 주선자의 역할을 맡습니다. 세 사람의 행동이 절묘하게 잘 맞아떨어지는 게 꼭 연희(演戲) 같습니다.

한바탕 마당극을 벌였던 세 사람은 곧바로 다른 이야기를 주고받습니다. 내가 잘 모르는 사람들의 이름이 여기저기서 튀어나오는 바람에 집중하기 어렵습니다. 그래서 나는 내 생각에 빠져듭니다. 조금 전 고함 노인이 무심코 내뱉은 단어, '현감'을 머릿속에서 굴리고 또 굴립니다.

3

나는 현감의 아들로 태어났습니다.

내가 태어났을 때 아버지는 화원이 아닌 현감이었습니다.

물론 나는 그 시절을 전혀 기억하지 못합니다. 그럴 수밖에요. 아버지가 현감을 그만두었을 때 난 고작 세 살이었으니까요. 그 뒤로 아버지가 다시 현감이었던 적은 없습니다. 그러니까 내가 기억하는 아버지는 늘 화원입니다. 그럼에도 나는 아버지가 연풍현감을 지냈다는 사실을 확실하게 기억합니다. 아니 머리로 기억하는 게 아니라 몸으로 느껴서 압니다. 어머니 때문입니다.

어머니는 아버지가 연풍현감을 지내던 시절의 이야기를 기회 있을 때마다 지치지도 않고 반복해 들려주었습니다. 어머니 말로는 연풍은 나라에서 가장 평화로운 고을이었고, 아버지는 나라에서 가장 자애로운 현감이었습니다. 백성은 아버지를 부모처럼 존경했고, 아버지는 백성을 자식처럼 사랑했습니다. 아버지가 떠나던 날, 연풍현은 눈물바다였습니다. 어느 날인가는 그날의 그 눈물바다가 지금도 꿈에 나타난다고 말하기도 했습니다. 깨어나 보니 이불이 온통 눈물로 젖었더라고 말하기도 했습니다. 난 그 이야기들은 싫지 않았습니다. 내가 싫어한 건 다른 이야기입니다. 보통의 부모들은 아이에게 태몽을 들려줍니다. 어머니는 달랐습니다. 어머니는 나에게 이렇게 말하곤 했습니다.

"마흔이 넘은 나이에 상암사에서 밤낮으로 빌고 또 빌어 너를 얻었다. 내 말 알겠느냐?"

그 말을 들을 때마다 내 마음은 늘 찜찜했습니다. 어머니는 그게 나쁜 일이라도 되는 것처럼 한숨과 눈물을 덧붙였거든요. 영문도 모른 채 오랫동안 어머니의 한숨과 눈물을 참고 견뎠던 나는 얼마 전에야 더 참지 못하고 아버지에게 그 궁금증을 털어놓았습니다.

"아버지, 어머니는 왜 절 낳은 이야기만 하면 한숨 쉬고 울먹이세요?"

아버지가 얼굴을 살짝 찡그렸습니다. 나는 기분이 갑자기 나빠졌습니다. 그래서 조용한 말투로 험한 소리를 내뱉었습니다.

"아버지는 제가 태어난 게 싫으세요?"

"무슨 벌 받을 소리를 하는 게냐?"

아버지는 허허 호탕하게 웃더니 잠시 생각에 잠겼습니다. 그 시간이 뜻밖에도 제법 길었습니다. 지루해진 나는 발가락을 꼼지락거리고 어깨를 올렸다 내렸다 했습니다. 아버지는 으흠, 소리를 낸 후 이렇게 말했습니다.

"나를 미워하는 거다."

"네?"

아버지는 책장을 뒤져 글 하나와 그림 하나를 꺼냈습니다. 글부터 읽었습니다.

태수는 늙도록 아들이 없었는데 이 산에서 빌어 아들을 얻었다. 그가 착한 일을 쌓았기 때문에 얻은 경사이다. 소동파는 '사물의 성패는 서로의 인과를 좇아서 끝없이 이어진다.'고 했다. 오래된 암자가 살아남게 되었다. 고승의 발원과 어진 태수의 치성이 있었던 까닭이다.

"너를 얻은 지 얼마 후에 풍계거사가 지은 글이란다."

"아, 네."

고개를 끄덕였습니다. 그러니까 글 속에 등장하는 늙은 태수는 아버지이고, 산에서 빌어 얻은 아들은 바로 나입니다. 풍계거사가 누군지는 알 턱이 없었습니다. 그러므로 나는 아버지가 글을 통해 무엇을 설명하려는지 잘 알지 못했습니다.

다음은 그림입니다. 부드러운 선과 구도, 실제처럼 자연스러운 사람들의 모습으로 볼 때 아버지가 그린 그림이 분명했습니다. 그리 복잡한 그림은 아닙니다. 잘 차려입고 말에 올라탄 양반 앞에 매사냥꾼이 있고, 개들이 있고, 매가 있고, 꿩이 있습니다. 양반을 따르는 이들도 꽤 됩니다. 어떤 이는 일산을 들었고, 어떤 이는 말을 끌고, 여인네는 머리에 음식을 이었습니다. 따르는 이들의 복색으로 볼 때 양반은 관리가 분명합니다. 그러니까 그 그림은 관리가 사람들을 이끌고 매사냥에 나선 모습을 그린 것입니다. '그래서요?'라는 질문이 튀어나오려 했습니다. 나는 아버지를 보았습니다. 그림 또한 난감하긴 마찬가지입니다. 아버지는 내 시선에 답하지 않은 채 그림만 봅니다.

나 낳은 이야기를 할 때마다 어머니가 한숨 쉬고 눈물 보이는 이유를 물었더니 아버지는 '나를 미워하는 거다.'라 말하고는 글과 그림을 보여 주었습니다. 둘 다 모호했습니다. 대충이나마 뜻을 짐작할 수 있는 글은 그나마 좀 나았지요. 하지만 그림은 도대체 어떻게 봐야 하는 건가요? 내가 기억하는 한 줄곧 서울에서만 살았던 나는 관리가 사람들을 이끌고 매사냥에 나선 모습을 본 적이 없었습니다. 양반과 고위 관리들이 매사냥을 즐긴다는 이야기만 들었을 뿐입니다. 그랬기에 내 머릿속에 있는 매사냥은 온전히 상상의 산물입니다. 아버지가 그린 그림에 등장하는 매사냥은 내 상상과 비슷하지 않았습니다. 나는 훨씬 더 화려하고 웅장한 모임을 상상했습니다. 그림 속 무리의 모습은 화려하다기보다는 단출했고, 웅장하기보다는 소박했습니다. 그러니까 어딘가 촌스러워 보였습니다. 짚이는 게 있었습니다.

"그림 속의 저분이 아버지인가요?"

아버지는 대답하지 않았습니다. 다시 한 번 물었습니다. 목소리도 조금 높였습니다.

"그림 속의 저분이 아버지인가요?"

아버지는 대답하지 않았습니다. 호탕하게 웃던 평소와는 다르게 힘없는 웃음만 살짝 지었을 뿐입니다. 그 순간, 가슴이 쿵쾅거렸습니다. 꼭꼭 숨겨져 있던 비밀 상자를 찾아서 열 때의 기분이었습니다. 나는, 아버지의 힘없는 웃음에서 무언가를 느꼈습니다. '나를 미워하는 거다.'라는 말과 그 힘없는 웃음에서 무언가를 확실히 느꼈습니다. 그 느낌을 뭐라 말하면 좋을까요?

모르겠습니다. 거기까지는 모르겠습니다. 아무튼 나는 기분이 별로 좋지 않았습니다. 그래서 서둘러 이야기를 마무리 지었습니다.

"아하, 그래서 내 이름이 연록이로군요. 연풍의 연, 녹봉의 녹!"

아버지는 나를 물끄러미 보았습니다. 아버지는 호탕하게 웃으며 내 머리를 쓰다듬었습니다. 하지만 잔뜩 민감해진 나는 아버지의 그 손길에서도 슬픔을 느꼈습니다. 그 슬픔이 어디서 온 건지는 잘 알지 못했지만 말입니다.

4

아버지가 목을 빼고 방 안을 살핍니다. 고함 노인은 고개를 갸웃하더니 책장 뒤에 있던 악기를 손으로 가리킵니다. 시끄럽기만 한 고함 노인 방에 악기가 있었던가요? 여러 번 와 봤지만 그 사실은 몰랐습니다. 아버지가 고개를 끄덕이자 고함 노인이 깜짝 놀라는 표정을 지으며 악기를 건넵니다. 악기의 몸통은 꼭 커다란 물방울처럼 생겼고, 꼭지 부분이 구부러져 있습니다. 처음 보는데도 어딘가 익숙한 악기를 보며 머릿속을 이리저리 굴립니다.

'저 악기를 어디서 봤더라……'

고송 노인이 귓속말을 합니다.

"당비파란다. 도대체 몇 년 만인지!"

아, 당비파! 그제야 나는 이 악기가 익숙한 이유를 깨달았습니다. 아버지 방에 걸려 있는 그림에 등장하는 악기인 까닭입니다. 지금껏 그림으로만 보았지 실물을 보기는 이번이 처음입니다. 실제의 당비파는 그림 속의 당비파보다 조금 더 뚱뚱합니다.

침을 꿀꺽 삼키고 아버지를 봅니다. 먼지를 턴 후 줄을 고르며 소리를 점검하던 아버지가 마침내 연주를 시작합니다. 구슬픈 소리입니다. 아닙니다. 구슬프던 소리가 점차 밝아집니다. 머리 위로 밝은 햇살이 떠오르는 느낌입니다. 곧이어 부드러운 바람이 내 뺨을 어루만집니다. 기분이 좋아진 나는 아예 눈을 감습니다.

방이 사라지고 벌판이 보입니다. 드넓은 벌판은 몹시도 고요합니다. 갑자기 우후 하고 우는 소리가 들립니다. 내 주먹보다 작은 새 한 마리가 하늘을 낮게 납니다. 땅에선 먼지가 입니다. 온통 새하얀 털로 뒤덮인 말이 나타납니다. 하얀 말은 새 울음소리를 즐기는 듯 천천히 걷습니다. 히히잉 울음소리가 나더니 말이 달리기 시작합니다. 새는 하늘 높이 날아오릅니다. 나는 그제야 말의 등에 가죽옷을 입은 호인(胡人)이 타고 있다는 사실을 깨닫습니다. 호인이 휘파람을 붑니다. 휘파람 소리가 점차 빠르고 경쾌해집니다. 휘파람 소리에 맞춰 말의 발걸음도 빠르고 경쾌해집니다. 말은 꼭 휘파람을 듣고 달리는 것처럼 휘파람에 박자를 맞추어 달립니다. 잠시 뒤 말은 들판 너머로 사라집니다. 그런데 휘파람 소리는 여전합니다. 말은 사라져 보이지 않는데 휘파람 소리는 여전히 귓가에 머물러 있습니다. 휘파람 소리가 점점 더 빨라집니다. 소리도 덩달아 커져서 귀가 아플 지경입니다. 귀를 막으려는데 갑자기 소리가 사라집니다. 고요한 벌판에 날카로운 새 울음소리가 들립니다. 새는 울음을 그치더니 벌판 너머로 날아가 버립니다. 이제 나는 고요하고 드넓은 벌판에 홀로 서 있습니다. 새도 없고 말도 없고 휘파람 소리도 없습니다.

눈을 뜹니다. 아버지가 나를 보며 눈썹을 살짝 올립니다. '어땠느냐?'라고 묻는 것 같아 이렇게 말합니다.

"새가 보이고 말이 보였습니다. 그런데 다 사라지고 마지막엔 저 혼자 벌판에 서 있는 것 같았습니다."

내 말을 들은 고함 노인이 목소리를 높입니다.

"그 녀석, 연주를 아주 제대로 들었구나."

고송 노인이 고개를 끄덕이며 아버지에게 말합니다.

"자네 덕분에 이역만리까지 단숨에 갔다 왔네."

고함 노인이 갑자기 손뼉을 칩니다.

"그 옛날 창해옹이 감탄하지 않을 도리가 없었겠네그려."

고송 노인이 손을 가로저으며 반박합니다.

"그건 자네가 잘못 알고 있는 걸세. 사능이 창해옹 앞에서 연주한 악기는 거문고였다네."

사능은 아버지의 자입니다. 어쨌건 나로서는 처음 보는 흥미로운 광경입니다. 고송 노인이 다른 사람의 의견에 이렇듯 강하게 반박하는 모습은 본 적이 없습니다. 일단 목소리부터 높이고 보는 고함 노인이 가만히 있을 리 없겠지요.

"무슨 소리인가? 「단원도」의 사능은 분명 당비파를 연주하고 있었다네."

노인들이 다투는 광경은 아이들 싸움 못지않게 재미있습니다. 그렇긴 하나 나는 그 이야기를 제대로 따라갈 수 없습니다. 창해옹이니 「단원도」니 하는 것들이 뭔지 모르기 때문입니다. 나는 나중에야 「단원도」며 창해옹이며 하는 것들에 대해 알게 됩니다. 그날 노인들이 다툰 이유도 그때가 되어서야 알게 됩니다.

창해옹 정란은 아버지보다 스무 살가량 위인 사람인데 집보다 길에서 더 많은 시간을 보냈습니다. 한라에서 백두까지 조선 땅 곳곳을 돌아다니며 기이한 경치를 즐기며 사는 기인 중의 기인이었습니다. 그 노인이 백두산을 다녀오던 길에 아버지의 집에 들렀습니다. 한바탕 떠들썩한 모임이 벌어졌겠지요. 떠들썩한 모임에 시와 그림과 음악이 빠질 수 없었을 터. 몇 년 뒤 그날의 떠들썩한 모임을 회상하며 아버지가 그린 그림이 바로 「단원도」입니다. 사실 「단원도」에는 두 노인의 말다툼을 단숨에 끝낼 수 있는 증거가 명확하게 제시되어 있습니다. 그림 속의 아버지는 거문고를 연주하고 있거든요. 산과 산 사이의 여백에 아버지는 이렇게 적어 넣었습니다.

뜰의 나무엔 햇볕이 따스하다. 만물이 화창한 봄날에 나는 거문고를 타고······.

그럼에도 두 노인의 의견이 엇갈린 까닭은 왜일까요? 그림을 본 지가 너무 오래된 까닭입니다. 하지만 더 중요한 이유가 있습니다. 그림은 혼란을 불러일으키기에 딱 좋게 되어 있습니다. 그림 속 아버지의 방에는 다른 물건도 아닌 당비파가 유독 눈에 띄게 걸려 있습니다. 그래서 고송 노인은 거문고를, 고함 노인은 당비파를 떠올린 것이지요.

"사능, 자네가 말 좀 해 보게나."

고함 노인이 아버지에게 답을 요구합니다. 아버지는 이렇게만 말합니다.

"글쎄, 하도 오래전 일이라······."

"거보게나. 내 말이 맞지 않나?"

고함 노인의 억지입니다. 고송 노인의 목소리도 살짝 높아집니다.

"무슨 그런 해석이 있나? 기억이 안 난다고 말한 것뿐인데······."

고송 노인과 고함 노인의 지루한 다툼이 어떻게 끝났는지 나는 잘 모릅니다. 사실 나는 이번에도 다른 생각을 하고 있었거든요. 아버지 방에는 아버지가 그린 자화상 한 점이 걸려 있습니다. 그림 속 아버지는 사방관을 쓴 채 당비파를 연주합니다. 물론 맨발이지요. 아버지는 그림의 여백에 이렇게 썼습니다.

종이창에 흙벽 바르고 이 몸 다할 때까지 벼슬 없이 시나 읊조리련다.

어릴 적엔 심상하게 보아 넘겼습니다. 그림 공부에 몰두하는 요즈음에는 그럴 수가 없었습니다. 그림에는 어색한 부분들이 있었습니다. 머리엔 사방관을 썼으면서 맨발을 드러낸 것도, 당비파를 연주하는 아버지의 표정이 별로 밝지 않은 것도 이상했습니다. 아버지가 쓴 글은 더 이상했습니다. 종이창에 흙벽? 벼슬 없이 시나 읊조린다? 나는 아버지가 연주하는 당비파 소리를 오늘 처음으로 들었습니다. 아버지가 연주하는 당비파 소리를 들으니 문득 이런 생각이 듭니다.
'아버지가 현감을 그만둔 뒤에 그린 그림이 아닐까?'
아, 그러고 보니 아버지가 오래간만에 당비파를 연주한 까닭이 짐작이 갑니다. 그렇습니다. 대왕대비입니다.

"정말인가?"
아버지의 긴장된 목소리에 다시 정신이 듭니다. 아버지는 소리를 더 높입니다.
"정말로 자네가 보았는가?"
대왕대비로 결론 내리고 즐거워하던 나는 갑자기 어리둥절해져서 고함 노인만 바라봅니다. 아버지의 시선이 고함 노인을 향해 있기 때문이지요.

"그렇다네. 자네 도장까지 찍혀 있더라니까."

나도 모르게 주먹을 움켜쥡니다. 가짜 그림 이야기가 분명합니다. 아
버지는 집에서 전처럼 그림을 많이 그리지 않습니다. 몇 해 전 규장각
소속 화원이 된 후부터입니다. 그 뒤로 아버지는 그림을 거의 그리지
않았습니다.(어머니의 한숨이 전보다 더 늘어난 까닭입니다.) 아버지의 그림
을 찾는 이들은 여전한데 그림이 없으니 결국 아버지의 화풍을 흉내
낸 가짜 그림이 생겨난 것입니다.

"조치를 취해야 하지 않겠나?"

"어떻게?"

"자네가 그린 게 아니라고 밝혀야지."

"내버려 두게."

고함 노인이 다시 목청을 높입니다.

"그런 무책임한 말이 어디 있는가? 자네 그림이 아닌데 사람들이 자
네 그림으로 알고 비싼 값을 치르고 사들이는 게 마음에 걸리지도 않
는가? 어떤 놈들이 그런 짓을 하는지 찾아내서 발본색원해야 하지 않
겠나?"

"그런 정도의 안목이라면 속는 것도 당연하겠지."

"하지만 자네의 명성에 금이 갈 수도 있네."

"명성은 무슨 명성. 화원에게 명성이 있던가?"

"무슨……."

"그림을 그리라면 네, 하고 넙죽 엎드려 그리는 것, 그게 화원 아니던

가? 아무리 늦었어도 와서 그려라 하면 꾸뻑 숙이고 그리는 것, 그게 화원 아니던가?"

"자네……."

"연록아, 이제 그만 집으로 돌아가자."

아버지는 자리에서 벌떡 일어납니다. 고함 노인과 고송 노인이 따라 일어납니다. 긴장한 나는 아버지와 고함 노인을 교대로 바라봅니다. 아버지의 얼굴에 곧바로 웃음이 떠오릅니다.

"오해하지는 말게. 자네들이 한 말 때문에 일어나는 게 아니니까. 그 저 흥이 다했기에 일어나는 것뿐."

5

방에 들어선 아버지는 벽에 기대 버선부터 벗으며 말합니다.

"술을 가져오너라."

"네."

시원스레 대답한 후 재빨리 부엌으로 갑니다. 부엌에서는 벌써 어머 니가 술을 데우고 있습니다. 술상을 차리던 어머니가 묻습니다.

"별다른 이야기는 안 하시더냐?"

뭐라고 답할까 잠깐 고민하다 이렇게 말합니다.

"네."

술상을 들고 가려는데 어머니가 내 이름을 부릅니다.

"연록아."

"네."

"술 너무 빨리 드시지 않도록 해야 한다."

어머니의 얼굴이 너무 어두워 괜히 화가 납니다. 어머니는 아버지가 술을 얼마나 잘 마시는지 아직도 모르는 것 같습니다.

"네."

나는 재빨리 답하곤 아버지의 방으로 들어갑니다.

아버지는 술 한 잔을 단숨에 비웁니다. 아버지의 얼굴에 웃음꽃이 피어납니다.

"좋구나."

"잠깐만 방에 다녀오겠습니다."

나는 내 방에서 요 며칠간 내가 그렸던 그림 중 마음에 흡족한 것들을 고릅니다. 그 서너 장의 그림을 아버지 앞에 조심스럽게 펼쳐 놓습니다.

"아버지, 제가 그린 것들입니다."

아버지가 그림을 봅니다. 손으로 뒤적거리지도 않고 그저 눈으로만 내 그림을 봅니다. 아버지의 입에서는 아무런 말도 나오지 않습니다. 아버지가 직접 술을 따르는 사이 나는 더 참지 못하고 입을 엽니다.

"아버지, 지금껏 아버지 그림을 본으로 삼아 혼자서 그렸습니다. 이만하면 남들보다 처지지 않는다고 자부합니다. 그러니 이제는 아버지에게 배우고 싶습니다."

아버지는 아무 말도 하지 않습니다. 전과 똑같은 반응입니다. 소심한 내 어깨는 저절로 움츠러듭니다. 하지만 어렵게 꺼낸 말입니다. 굳게 다짐하고 꺼낸 말입니다. 그래서 다시 용기를 내어 말합니다.

"화원이 되고 싶단 말입니다."

화원의 아들은 화원인 아버지에게 그림을 배우기 마련입니다. 아버지의 기법은 아들을 통해 그대로 이어지기 마련입니다. 그런데 아버지는 나에게 그림을 가르쳐 주지 않았습니다. 어릴 적에는 붓 잡는 법, 선 긋는 법 같은 걸 가르쳐 주었지만 몇 해 전부턴가는 아예 모른 체를 했습니다.

내가 게을러서 그런 게 아니냐고요? 그렇지 않습니다. 나는 그림 그리는 걸 좋아합니다. 한번 그림을 그리기 시작하면 밥 먹는 것도 잊고, 잠자는 것도 잊을 정도로 그림 그리는 걸 좋아합니다. 재주가 없느냐고요? 그렇지도 않습니다. 결국 나는 혼자서 그림 그리는 법을 익혔으니까요. 아버지가 그림 그리는 걸 어깨너머로 지켜보고 아버지의 그림을 따라 그린 게 전부인데도 곧잘 그립니다. 서당 친구들은 나만 보면 자기 얼굴을 그려 달라고 난리입니다. 칭찬에 박한 어머니조차도 얼마 전에 내 그림을 보곤 아버지 그림과 똑같다며 감탄했을 정도이니까요.

"아버지!"

"그래, 서당에선 요즈음 뭘 배우고 있느냐?"

"논어를 배우고 있습니다."

"마음에 담아 둔 글이 있느냐?"

"공부자께서 말씀하시길 아는 자는 좋아하는 자만 못하고, 좋아하는 자는 즐거워하는 자만 못하다 하였습니다."

"기특하구나. 잘 배워야 한다. 배움에는 때가 있는 법, 지금을 놓치면 나중에 후회하게 될 게다."

"아버지, 그림 또한……."

"술이 모자라는구나."

어머니가 새로 술을 데우는 동안 밖에서 서성입니다. 아, 마음이 답답합니다. 아버지가 규장각 화원의 일을 탐탁지 않게 여긴다는 것은 나도 잘 압니다. 그럴 수 있다고 생각합니다. 아버지 정도의 명성이면 굳이 규장각 화원으로 일할 필요가 없으니까요. 나라에서 하라, 명령하니 어쩔 수 없이 하는 것이지요. 나는 다릅니다. 그림 그리는 걸로 먹고살려면 먼저 화원부터 되어야 합니다.

그런데도 아버지는 나를 서당에 보내 공부만 하게 합니다. 서당 공부가 필요하다는 것쯤은 나도 잘 압니다. 좋은 그림을 그리려면 지식이 있어야 합니다. 시도 알고 경서도 알아야 합니다. 그러나 좋은 그림을 그리기 위해 오래 서당에 다닐 필요가 없다는 것 또한 잘 알고 있습니다. 그림은, 잡기입니다. 필요한 건 기술이지 지식이 아닙니다. 아버지가 내게 무엇을 원하는지 모르겠습니다. 내가 서당에 오래 다닌들 과거에 급제할 수 있겠습니까? 아버지처럼 현감이 될 수 있겠습니까? 그렇지 않습니다. 물론 화원인 아버지는 현감을 지냈습니다. 그러나 그건 아버지 시대에나 가능했던 전설 같은 일입니다. 아버지를 현감으로 만들어 준 정조 임금님은 이미 오래전에 세상을 떠났습니다. 그러니 결국 나는 그림을 배워 화원이 되어야만 합니다. 그게 내 유일한 길입니다. 남자로서 생계를 책임지며 할 수 있는 유일한 길입니다. 하지만 나는 아버지에게서 아무것도 배우지 못하고 있습니다. 괜한 눈을 차며 투정을 부립니다.

"아버지가 조선 최고의 화가면 뭐해?"

누군가 내 어깨를 잡는 바람에 깜짝 놀랍니다. 어머니입니다. 나는 어머니에게 고개를 숙여 보이곤 술병을 들고 방으로 들어갑니다.

6

아버지는 술잔을 비운 후 내 얼굴을 봅니다. 아마도 내 얼굴은 잔뜩 일그러져 있었겠지요. 티를 안 내려 애를 써 보지만 나는 아버지가 아닙니다. 나는 아직은 내 마음을 제대로 숨기지 못합니다. 아버지가 호탕하게 웃으며 말합니다.

"나는 일곱 살 때부터 그림을 그리기 시작했단다. 내 그림 선생은 표암 선생이었지."

아버지는 표암 선생이 쓴 「단원기」란 글을 비단으로 장황해 아버지 자화상과 나란히 벽에 걸어 놓았습니다. 때문에 나는 문자를 해독할 수 있게 된 후로 그 글을 수도 없이 읽고 또 읽어 거의 다 외우고 있습니다. 그 글의 중간에 아버지가 말한 대목이 등장합니다.

사능은 젖니가 빠지기 시작하는 어린아이 때부터 내 문하에 드나들었다. 나는 그의 재능을 칭찬하기도 하고 그림 그리는 방법을 가르치기도 했다.

그러니까 아버지가 말한 내용은 내가 다 알고 있는 사실입니다. '젖니가 빠지기 시작하는 어린아이'라는 표현이 '일곱 살'이라는 구체적인 나이로 바뀐 것뿐이지요. 아버지가 스스로 술을 따라 마시는 것을 보며 생각합니다. 문득 궁금증이 생깁니다. 표암 선생은 비록 몰락한 가문의 후손이기는 해도 어엿한 양반입니다. 그런 표암 선생이 아버지를 제자로 받은 이유가 도대체 뭘까요? 표암 선생은 일곱 살 아이의 그림, 배운 지도 얼마 되지 않은 아이의 그림에서 도대체 무엇을 보았기에 아버지를 제자로 받은 것일까요?

"처음 표암 선생을 만났을 때 어떤 그림을 그리셨습니까?"

"아무것도 그리지 않았다."

"네?"

"생황만 불었지."

"네?"

아버지의 대답을 들었으나 하나도 알아들을 수가 없습니다. 표암 선생 앞에서 어떤 그림을 그렸느냐고 물었더니 아버지는 그림은 안 그리고 생황만 불었다고 대답합니다. 아버지의 얼굴을 물끄러미 바라봅니다. 아버지가 지금 나를 놀리고 있는 걸까요? 아무렇지도 않아 하는 아버지의 표정으로 보아 그런 것 같지는 않습니다. 머릿속이 어지러워집니다. 그럼 표암 선생은 그림 솜씨도 안 보고 아버지를 제자로 받아들였다는 말인가요? 아버지는 내 얼굴을 바라보더니 「단원기」의 다른 구절을 읊습니다.

나와 사능의 사귐은 세 번 변했다. 그가 어린아이였을 때 나는 그를 가르쳤다. 그 후 같은 관청에 있으면서 아침저녁으로 얼굴을 보았다. 나중에는 함께 그림을 그리며 가까운 벗이 되었다.

설상가상입니다. 열세 살 내 머리로는 도무지 아버지를 이해할 수가 없습니다. 화원이 될 수 있도록 그림을 가르쳐 달라 했더니 아버지는 아무 말도 하지 않았습니다. 그러더니 한참 있다가 그림 대신 생황을 불어 표암 선생의 제자가 되었다 했고, 지금은 표암 선생님과 나누었던 우정을 말하고 있습니다. 아버지는 내 얼굴을 빤히 쳐다봅니다. 자신이 할 이야기는 다 했으니 이제 소감을 말해 달라는 사람처럼 말입니다. 바보처럼 입을 벌립니다. 나에겐 할 말이 전혀 없습니다. 나는 아버지의 말을 이해할 수 있는 가느다란 끈 하나 찾지 못했습니다. 아버지의 말을 하나 빼놓지 않고 다 들었는데 할 말은 전혀 없습니다. 아버지는 마치 선심 쓰듯 한마디를 덧붙입니다.
"표암 선생과는 함께 그림을 그리며 놀기도 했다."
아버지는 술잔을 비우며 옛 추억 하나를 들려줍니다. 그 오래된 추억 속에서 아버지와 표암 선생은 함께 그림을 그립니다. 소나무 밑에는 호랑이 두 마리가 마주 보고 섰습니다. 나는 아버지의 호랑이와 표암 선생의 호랑이를 구별할 수 있습니다. 아버지의 호랑이는 날카롭고 부드럽습니다. 표암 선생의 호랑이는 위엄 있고 따뜻합니다. 아버지는 아버지의 호랑이를 그렸고 표암 선생은 표암 선생의 호랑이를 그렸습니다. 그렇게 그린 두 호랑이가 소나무 밑에서 마주 보고 섰습니다. 소나무 아래에서 찬바람이 붑니다. 그 바람에 가지가 이리저리 정신없이 흔들립니다. 그 와중에도 두 마리의 호랑이는 긴장을 늦추지 않습니다. 슬금슬금 움직이며 상대를 탐색합니다. 온 정신을 발끝에 모아 천천히 움직이며 상대의 의중을 살핍니다. 먼저 움직인 건 아버지의 호랑이입니다. 입 크게 벌리고 포효하며 상대에게 돌진하려는 순간, 울음이 터집니다.

할아버지를 찾아 방으로 들어온 표암 선생의 손자가 그림을 보자마자 울음을 터뜨렸습니다. 자신과 잘 놀아 주는 할아버지를 찾으러 왔다가 호랑이 두 마리의 기세에 놀라서 울음을 터뜨렸습니다. 표암 선생은 손자를 안으려고 허겁지겁 자리에서 일어납니다. 그러다 그만 벼루를 엎었습니다. 목숨 건 싸움을 시작하려던 두 마리 호랑이는 느닷없이 먹물을 뒤집어썼습니다. 불타오르던 전의는 한순간에 사라졌습니다. 그림 속 소나무가 웃습니다. 표암 선생이 웃습니다. 아버지가 웃습니다. 천지가 떠나가도록 울던 아이도 그제야 울음을 그치고 웃음을 터뜨립니다. 표암 선생은 아예 손자의 손에 붓을 쥐어 줍니다. 아이가 아버지의 호랑이와 표암 선생의 호랑이를 자신의 호랑이로 만들어 버리는 데에는 어른들이 숨 한 번 편히 쉴 시간밖에 걸리지 않았습니다.

아버지는 그 광경을 내내 지켜보았던 표암 선생의 처남이 지었다는 시까지 읊습니다.

"두 사람이 한 마리씩 호랑이를 그리네. 누가 더 꼭 닮게 그려 낼까? 잘 그린다면……."

아버지의 목소리를 들으며 나도 모르게 눈을 감습니다. 눈을 감으면서 나는 아버지에게 했던 질문을 까맣게 잊어버립니다. 눈을 감은 나는 바람에 흔들리는 소나무를 보고, 소나무 밑에 선 호랑이 두 마리를 보고, 멀리서 그 광경을 보는 아버지와 표암 선생을 봅니다. 아버지와 표암 선생은 다르면서도 비슷합니다. 아버지는 젊고 표암 선생은 늙었지만 허허 웃는 웃음과 웃음 가득한 얼굴에 자리한 흥은 참 비슷합니다.

나는 나중에 표암 선생이 그린 자화상을 보게 되었습니다. 그 그림을 보고서야 표암 선생의 용모가 아버지와는 딴판이라는 사실을 알게 되었지요. 아버지가 고고한 학이라면 표암 선생은 원숭이였습니다. 아버지가 선비의 기품을 지녔다면 표암 선생은 모사꾼의 모습을 지녔습니다. 그렇다면 열세 살 시절 눈 감고 본 표암 선생의 모습은 잘못된 것이었을까요? 그렇지 않습니다. 두 사람은 닮았습니다. 참 많이 닮았습니다. 이상한 말이지요? 금방 닮지 않았다고 말한 후 곧바로 말을 바꾼 이유는 뭘까요? 나는 그림을 자세히 보았습니다. 표암 선생은 머리에는 관모를 썼고 몸에는 평복을 걸쳤습니다. 그것만도 꽤 독특한데 여백에 쓴 글은 더 독특했습니다.

저 사람은 누구인가? 수염과 눈썹은 새하얀데, 머리엔 오사모 쓰고 몸에는 야복을 걸쳤다. 그 마음은 산림에 가 있으면서 이름은 조정의 명부에 걸려 있음을 알겠다. 가슴에는 천 권의 서책을 품었고 붓의 힘은 다섯 명산을 흔들 만하다. 하나 사람들이 내 속을 어찌 알겠는가?

나는 그 그림을 보면서 아버지의 방에 「단원기」와 나란히 걸려 있던 자화상을 곧바로 떠올렸습니다. 아버지는 사방관을 쓰고 맨발을 드러냈습니다. 표암 선생은 관모를 쓰고 평복을 걸쳤습니다. 아버지는 벼슬 없이 시나 읊조리겠다고 썼고, 표암 선생은 이름은 조정의 명부에 있어도 마음은 산림에 가 있다고 썼습니다. 나는 두 사람의 인연을 이렇게 말하렵니다. 두 사람은 태어날 때부터 정해진 운명적인 '지기(知己)'였다고요. 그러나 그것은 나중의 일입니다.

아버지의 이야기를 듣는 지금 나는 그저 눈을 감고 있습니다. 호랑이가 되었다가, 소나무가 되었다가, 바람이 되었다가 마침내 잠이 듭니다. 아버지가 다가와 나를 눕힙니다. 나를 보는 아버지의 눈길은 따뜻합니다. 눈을 감고 잠들었으나 아버지를 볼 수 있습니다. 나를 보는 아버지의 얼굴에 부드러운 웃음이 머물러 있음을 눈을 감고 잠들었음에도 똑똑히 볼 수 있습니다. 이상한 일이지요? 하지만 정작 나에겐 하나도 이상하지가 않습니다. 그래서 나는 눈을 뜨지 않습니다. 눈을 감고 잠이 든 채로 아버지를 보며 길었던 하루를 끝냅니다.

7

"연록아."

멀리서 아버지의 목소리가 들립니다. 깜짝 놀라 자리에서 일어납니다.

"연록아."

아버지의 목소리가 조금 전보다 높아졌습니다. 아버지의 목소리를 들으니 지난밤 꿈이 기억납니다. 꿈속에서 나는 밤새 호랑이 등을 타고 넓은 들판을 달렸습니다. 넓은 들판을 지나 금강산을 넘어 동해까지 달렸습니다. 동해에서 붓을 들었습니다. 그림을 그리려는데 이상하게도 손이 움직이질 않았습니다. 아버지가 내 손을 잡고 있었습니다. 너무 꽉 잡은 바람에 손이 아팠습니다. 비명을 질렀는데 이상하게 소리가 나지를 않았습니다. 아버지가 내게 뭐라 말을 했습니다. '붓을 놓고…….' 아무리 머리를 싸매도 그다음 말은 생각이 나질 않습니다.

"연록아."

서둘러 아버지의 방으로 갑니다. 아침 일찍 나를 부른 아버지는 지난밤의 흥에 겨웠던 아버지가 아닙니다. 깨끗한 옷으로 갈아입고 버선을 신은 아버지에게서는 엄숙하고 단아한 선비의 기품이 느껴집니다.

"잘 잤느냐?"

"네."

아버지가 내 머리를 쓰다듬더니 새로 쓴 글 하나를 내밉니다.

(……) 왕탁이 씁니다. 서울이 갑자기 시끌벅적하니 옛날 조용한 때만 못합니다. 뜻밖의 놀라움을 어찌 말로 다 할 수 있겠습니까? 관보는 보셨겠지요? 깊고 은밀한 내용은 몇 마디 말로 다 하기 어렵습니다. 예로부터 벼슬살이에는 참 놀랄 일이 많은 법입니다. (……)
을축년 정월 22일 아침에 써서 연록에게 준다.

부드럽고도 힘 있는 글씨로 보아 아버지가 쓴 게 분명합니다. 첫머리에 '왕탁이 씁니다.'라고 못을 박았으니 내용은 왕탁이란 사람의 것입니다. 나는 왕탁이 누구인지 모릅니다. 편지의 내용 또한 오리무중이긴 마찬가지입니다. 시끌벅적, 관보, 깊고 은밀한 내용이 다 무엇일까요? 아버지를 흘낏 바라봅니다. 아버지가 눈썹을 살짝 치켜세웁니다.

'무슨 뜻일까?'

아버지가 이유도 없이 이 글을 썼을 리는 없습니다. 그러나 왕탁도 모르고 깊고 은밀한 내용 따위는 더더욱 모르는 나는 아무리 고민해도 비슷한 이유 근처에도 가지 못합니다. 그래도 곰곰 생각해 봅니다.

'그렇지, 대왕대비.'

속으로 쾌재를 부릅니다. 그렇습니다. 다시 한 번 대왕대비입니다. 왕탁이 쓴 편지의 내용은 그러고 보니 대왕대비가 죽어 시끄럽고 놀라운 서울의 상황과 무척 비슷하게 느껴집니다. 내 생각을 아버지의 말이 뒷받침해 줍니다.

"시끌벅적하고 놀라운 게 항상 나쁜 것만은 아니다. 요즈음과 같은 시끌벅적함과 놀라움은 오히려 자그마한 기대 같은 걸 품게 하니 말이다."

아버지의 기분이 유난히 좋아 보입니다. 가만히 있으면 안 될 것 같아서, 무슨 말이라도 해야 할 것 같아서 이렇게 대꾸합니다.

"다시 현감이 되시는 건가요?"

아버지의 얼굴이 잠시 어두워졌다 싶었습니다. 하지만 아버지는 이내 큰 소리로 웃습니다. 세상에서 가장 우스운 이야기라도 들은 사람처럼 큰 소리로 마음껏 웃더니 거짓말처럼 웃음을 얼굴에서 지웁니다.

"내 나이 이미 육십을 넘었다. 그런 헛된 꿈은 꾸지도 않지."

내가 아무 말 하지 않자 아버지는 스스로 말을 잇습니다.

"다만 이즈음 내가 몹시 바라는 게 하나 있다. 그게 뭔지 아느냐?"

왕탁도 모르는 내가 아버지의 소망을 알 리가 없습니다. 그래서 다만 웃으며 아버지의 말을 기다립니다.

"나를 위한 그림만 그리는 것, 그 하나뿐이다."

"네."

나는 고개를 끄덕거립니다. 하지만 속으로는 고개를 갸웃갸웃합니다. 나를 위한 그림? 그게 도대체 뭘까요?

나를 위한 그림이 있다면 그 말은 남을 위한 그림도 있다는 말일 것입니다. 그렇다면 나를 위한 그림은 뭐고 남을 위한 그림은 뭘까요? 그림은 그냥 그림 아닌가요? 나, 남 가리지 않고 모두 좋아해야 좋은 그림 아닐까요? 머릿속이 복잡해집니다. 곰곰 생각해 보지만 생각한다고 답을 얻을 수 있는 말이 아닙니다.

"아버지, 사실은 무슨 뜻인지 하나도 모르겠어요."

나는 이내 속을 털어놓습니다. 아버지는 또 한 번 내 머리를 쓰다듬습니다. 괜히 쑥스러워 머리를 살짝 뒤로 뺍니다. 아버지가 웃으며 말합니다.

"그림을 배우고 싶다고 했느냐?"

반가운 질문입니다. 나는 서둘러 네, 라고 답합니다. 내가 아버지에게 듣고 싶었던 말은 바로 이것입니다.

"봄이 되면 좀 달라지지 않겠느냐?"

얼굴 가득 웃음을 숨기지 못하고 아버지의 다음 말을 기다립니다. 다음 말은 없습니다. 아버지는 책상을 당겨 책을 펼쳐 듭니다. 소리 없이 맹자를 읽는 아버지를 보며 생각합니다.

'봄이 되면 좀 달라진다? 그게 무슨 뜻일까?'

아버지는 참 이상합니다. 그림을 배우고 싶으냐고 물어서 네, 라고 답했더니 봄이 되면 좀 달라지지 않겠느냐고 합니다. 뭐가 달라진다는 걸까요? 내게 그림을 가르쳐 준다는 뜻일까요? 모르겠습니다. 그래서 나는 아버지의 말을 곱씹어 봅니다.

'나를 위한 그림만 그리는 것, 그 하나뿐이다.'

그러고는 봄이 되면 좀 달라지지 않겠느냐는 말을 덧붙였습니다. 그러니 두 말은 분명 관계가 있을 것입니다. 나를 위한 그림, 봄……. 아, 머리가 어지럽습니다. 나는 우선 아버지가 말하는 '나를 위한 그림'이 무엇인지부터 모르겠습니다. 그림이 그냥 그림이지 나를 위한 그림은 무엇이며 남을 위한 그림이 무엇인지 도무지 모르겠습니다. 게다가 그것과 봄, 그것들과 내게 그림 가르치는 일이 어떻게 연결되는 것인지도 도무지 모르겠습니다. 궁금증이 뱃속에 가득 차 폭발하기 직전이나 아버지는 맹자만 읽을 뿐입니다. 더 물어도 아버지는 대답하지 않을 것입니다. 결국 나는 스스로 답을 얻거나 봄까지 기다려야 합니다.

아버지가 준 왕탁의 편지를 방에 놓고 마당에 섭니다. 편지의 내용처럼 내 마음도 시끌벅적하고 주위도 시끌벅적합니다. 마음이 시끌벅적한 건 아버지에게 들었던 말들 때문이고, 주위가 시끌벅적한 것은 어제 내렸던 눈이 양지부터 녹고 있기 때문입니다. 그러고 보니 겨울이 끝날 날도 이제 머지않았습니다.

'이제 곧 봄이 오겠구나. 어서 봄이 왔으면.'

여태껏 살면서 봄을 유별나게 기다린 적은 별로 없습니다. 올해는 다릅니다. 올해는 유별나게 봄이 오기만을 기다릴 것입니다. 꽃 피는 봄이 오면 아버지는 아버지를 위한 그림만을 그릴 것이고, 나는 아버지에게서 그림을 배우게 될 것입니다. 아버지의 마음에도 흥이 넘칠 것이고, 내 마음에도 따라서 흥이 넘칠 것입니다. 봄이 오면 마음과 주위는 더 시끌벅적하고 흥겨울 것입니다. 바람이 붑니다. 아직 차갑지만 기분은 상쾌해집니다. 아버지가 집으로 돌아오는 내내 읊었던 시가 줄줄 흘러나옵니다.

"말을 탄 지장의 꼴, 꼭 흔들 배에 탄 것 같네. 눈이 어지러워 우물에 떨어졌나? 아하, 바닥에 뻗어서 그냥 잠들어 버렸네."

시를 읊으며 까불까불 걸음을 내딛다 넘어집니다. 엉덩이가 금세 질 퍽해집니다. 짜증 내며 일어나다가 다시 넘어집니다. 넘어진 채로 그냥 웃고 맙니다.

봄,

그 따뜻하고 눈물 많았던 봄

1

집으로 향하는 발걸음이 무겁고 더딥니다. 잰걸음을 놓으면 일각도 걸리지 않을 거리이지만 나는 돌도 걷어차고, 새한테 주먹도 휘두르고, 괜히 걸음을 멈추기도 하며 있는 대로 늦장을 부립니다. 그렇더라도 집에 도착하는 걸 막을 도리는 없지요. 열세 살밖에 안 된 내가 서당 마치고 집에 가지 않으면 어디를 가겠습니까? 사립문 앞에 이르러서도 늦장은 이어집니다. 안으로 들어가지 않고 제자리에 서선 하늘을 한 번 바라봅니다. 오늘따라 하늘은 구름 한 점 없이 곱습니다. 나는 그 눈부시도록 고운 하늘을 보며 욕을 끄집어냅니다.

"제기랄. 육시랄 놈!"

그 소리를 듣고 가장 놀란 건 바로 나입니다. 고개를 좌우로 돌리며 주위를 살핍니다. 똥개 한 마리만 꼬리 흔들며 지나갈 뿐 사람은 없습니다. 휴, 한숨을 뱉습니다. 욕도 제대로 못 하는 내가 한심스럽습니다. 똥개를 향해 주먹질을 해 댑니다. 똥개는 도망도 못 가고 그 자리에 주저앉아 끙끙 소리만 냅니다. 한심한 똥개 같으니. 그 꼴을 보니 내가 더 한심해집니다. 나는 고개를 푹 숙인 채 사립문을 열고 안으로 들어갑니다. 내 얼굴을 본 어머니가 묻습니다.

"서당에서 무슨 일 있었니?"

잠깐 생각하다 대답합니다.

"아니요."

어머니가 더 물을까 싶어 서둘러 아버지의 방으로 갑니다.

아버지는 오래간만에 그림을 그리는 중입니다. 집에서 그림 그리는 게 얼마만의 일인지 모르겠습니다. 아버지를 보자마자 하고 싶은 말부터 냅다 꺼내 놓을 작정이었습니다. 하지만 그림이 내 입을 막았습니다. 아버지 옆에 조용히 무릎을 꿇고 앉습니다. 까치 한 마리가 나뭇가지에 앉아 있습니다. 짝도 없이 홀로 앉아 있는 까치가 꽤 쓸쓸해 보입니다. 아버지는 그림을 한 번 지긋이 바라보더니 나뭇가지에 점 몇 개를 더 찍는 것으로 끝을 냅니다.

"홍의영에게 줄 그림이다."

"네."

아는 체 대답했지만 나는 홍의영이 누구인지 모릅니다. 나는 나중에야 홍의영이 아버지의 그림을 무척이나 아끼던 사람이라는 것, 그리고 아버지가 내 앞에서 그렸던 그 까치 그림의 여백에 '마른 모과나무 가지 위에 단정히 앉아 깍깍 울어 대는구나. 누구에게 기쁜 소식을 전하는 걸까?'라는 글을 남겼음을 알게 되지요. 하지만 그건 다 나중의 일입니다.

홍의영이 누구인지도 모르면서 네, 하고 답부터 하고 본 나는 아버지가 혹시라도 캐물을까 싶어 아예 고개 숙이고 그림만 열심히 봅니다. 그런데 그림이 좀 이상합니다. 까치는 기쁜 소식을 전하는 영물입니다. 아침에 까치를 보면 그날은 좋은 일이 생긴다는 말도 있으니까요. 아버지가 홍의영이라는 사람에게 줄 그림에 까치를 그린 까닭도 그 때문이겠지요. 그런데 그림 속의 까치는 어둡고 무겁습니다. 지금껏 실제 혹은 그림 속에서 제법 많은 까치를 봤지만 아버지 그림 속 까치처럼 침울한 까치는 본 적이 없습니다. 내 생각에 까치들은 근심 따위는 아예 알지도 못하는 철딱서니 없는 족속들입니다. 자기들끼리 즐겁게 까불며 울어 대거나 그리 대단할 것도 없는 날개에 바짝 힘을 주며 세상에서 가장 멋진 척하는 속없는 새들입니다. 그러므로 어둡고 무거운 까치, 그것도 모자라 홀로 있는 까치는 도무지 낯설기만 한 풍경입니다.

'도대체 왜 이런 까치를 그리셨을까?'

조금 고민하다 곧바로 포기합니다. 아버지가 그린 까치 그림입니다. 아버지가 까치의 의미를 몰랐을 리도 없고 까치를 제대로 그리지 않았을 리도 없습니다. 다시 그림을 봅니다. 놓친 게 있나 싶어 더 자세히 들여다봅니다. 역시 조금 전과는 달라 보이는 게 하나 있습니다. 까치는 그냥 나뭇가지에 앉아 있기만 한 게 아닙니다. 무언가를 바라보고 있습니다. 그림 속에는 없는 무언가를 바라보고 있습니다. 그런데 그 무언가가, 그리 좋은 것 같지는 않습니다. 문득 짜증이 입니다. 그래서 느닷없이 엉뚱한 결론을 내립니다.

'다 훈장님 때문이야.'

오늘 나는 서당에서 종아리를 맞았습니다. 다른 아이들처럼 몸을 앞뒤로 흔들며 논어를 소리 내 읽고 있는데 갑자기 훈장님이 오더니 손바닥으로 내 어깨를 탁 쳤습니다.

"이놈, 책 읽으라고 했더니 꾸벅꾸벅 졸고 있느냐?"

졸긴요, 정신은 멀쩡하기만 했습니다. 억울해서 훈장님을 쳐다보았습니다. 훈장님은 이번에는 이렇게 말했습니다.

"이놈이 어디서 스승에게 눈을 흘기는 게냐?"

훈장님은 내 대답은 듣지도 않고 나를 일으켰습니다. 그러곤 회초리로 종아리를 때렸지요.

그렇습니다. 어둡고 무거운 건 내 마음일 것입니다. 까치는 기쁜 소식을 전하는 영물입니다. 아버지가 그린 까치가 바라보고 기대하는 건 기쁜 소식이지 나쁜 소식은 아닐 것입니다. 다만 서당에서부터 내 마음이 줄곧 어두웠기에, 내 어두운 마음이 그림 보는 눈을 흐리게 해 버렸기에 아버지 그림 속의 까치가 유독 우울하고 쓸쓸해 보이는 것뿐이겠지요. 나는 더 참지 못하고 아버지에게 말합니다.

"훈장님께서 밀린 학비를 말씀하십니다."

아버지는 고개를 끄덕입니다. 고개를 끄덕이는 아버지의 얼굴이 내 기분 탓인지 몰라도 꽤 쓸쓸해 보입니다. 아버지는 책상 위에 있던 부채를 집어 펼칩니다.

"규장각에서 받은 부채란다."

아버지의 엉뚱한 말에 심사가 뒤틀립니다. 그래도 나는 꾹 참고 아무 말도 하지 않습니다.

"규장각 부채라 다르긴 달라. 책 향기가 묻은 까닭인지 유독 시원하게 느껴지는구나."

나의 마음은 아버지와는 정반대입니다. 정말로 어렵사리 학비 이야기를 꺼냈습니다. 종아리 맞은 이야기는 쏙 빼고 학비 이야기만 했습니다. 그런데 아버지는 갑작스럽게 부채 타령입니다. 책 향기 운운하며 뜬구름 잡는 말만 합니다. 아버지는 책의 향기가 묻은 부채를 부치니 시원할 수도 있겠습니다. 나는 아닙니다. 부채를 쥐지 않은 내 몸은 뜨겁고 마음은 답답하기만 합니다.

지난겨울 꿈꾸었던 봄은 이렇지 않았습니다. 봄이 오면 좋은 일이 일어날 줄 알았습니다. 겨울 지나면 봄이 오듯 기대도 자연스레 현실로 바뀔 것만 같았습니다. 그렇지 않았습니다. 아버지의 생활은 지난겨울과 하나도 다르지 않았습니다. 규장각 화원인 아버지는 여전히 명을 받아 그림을 그렸고, 어린 화원들과 함께 시험을 치렀습니다. 오늘 이전까지 집에서는 그림조차 그리지 않았습니다. 아버지의 생활이 전과 똑같으니 내 생활 또한 전과 똑같았습니다. 아, 달라진 것이 하나 있습니다. 어머니가 얼마 전부터 삯바느질을 시작했습니다. 훈장님은 그런 우리 집안 사정을 훤히 읽었습니다. 요 며칠 동안 은근하고도 집요한 닦달이 이어지더니 마침내 회초리질까지 동원되었습니다. 훈장님을 무조건 원망할 생각은 없습니다. 훈장님도 딴에는 꽤 많이 참고 기다린 셈입니다. 지난겨울부터 한 번도 학비를 내지 않았으니 말입니다.

"이제 서당을 그만 다니면 안 되겠습니까?"

내가 말해 놓고 내가 더 놀랍니다. 아버지가 부채를 부치는 속도가 갑자기 빨라집니다.

"훈장님이 마음에 안 드는 게냐?"

"아뇨, 그렇지 않습니다."

"소과 초시에 합격하신 분이다. 이 주위에서 그런 분, 흔치 않다."

"네, 잘 알고 있습니다."

아버지는 부채를 더 세게 부치며 이렇게 말합니다.

"게다가 너는 아직 더 배워야 한다."

"아버지, 봄입니다. 전에 말씀하신 거 기억 안 나세요?"

아버지는 부채를 접어 내려놓고 옆에 놓인 생황을 만지작거립니다. 아버지는 고개를 한 번 끄덕거린 뒤 말합니다.

"학비는 너무 걱정하지 마라. 내 곧 마련해 줄 테니."

내가 말한 건 학비가 아닙니다. 봄이 오면 달라질 것이라는 지난겨울의 약속입니다. 그런데 아버지는 학비를 걱정하지 말라고만 합니다. 그림을 그려서 팔지도 않으면서 입으로 그렇게만 말합니다.

'아버지가 안 하면 나라도 해야지요.'

차마 그 말만은 하지 못합니다. 아버지가 그렇다면 그런 것입니다. 아버지가 그림 가르치는 이야기를 쏙 빼놓았다면 그것이 바로 아버지의 대답인 것이지요. 마음에 구름이 잔뜩 드리워집니다. 나는 아버지를 믿습니다. 봄은 아직 다 가지도 않았습니다. 그러니 지금 당장 내가 할 말은 아무것도 없습니다. 할 말을 모두 끝낸 아버지가 자리에서 일어납니다.

"사실 너 오기만을 아까부터 기다렸다."

"네?"

"너와 함께 가야 할 곳이 있단다."

2

여름을 코앞에 둔 늦봄은 떠들썩하고 분주합니다. 햇살 한 줄기, 바람에 흔들리는 어리고 얇은 나뭇가지, 나무와 나무 사이를 부지런히 오가는 새들은 저마다의 이유로 떠들썩하고 분주합니다. 사람들 또한 마찬가지입니다. 부상과 보상의 발걸음도 떠들썩하고 분주하고, 빨래 보따리 들고 가는 여인의 발걸음도 떠들썩하고 분주하고, 강변의 사공도 떠들썩하고 분주하고, 나무 한 짐 짊어진 지게꾼도 떠들썩하고 분주하고, 먼지 나는 바닥에서 고누 놀이하는 아이들도 떠들썩하고 분주합니다. 대장간의 불은 활활 타오르고, 목수들은 땀을 닦으며 목재를 다듬고, 우물가에서는 수다가 한창입니다. 떠들썩하고 분주한 늦봄입니다.

모두 분주하고 떠들썩한데 아버지는 그렇지 않습니다. 아버지는 꼭 떠들썩하고 분주한 세상에서 외따로 떨어져 있는 사람 같습니다. 아버지의 걸음은 아버지를 닮아 가뿐하면서도 느긋하고 조용합니다. 아버지는 자신을 닮은 그 가뿐하면서도 느긋하고 조용한 걸음을 꾸준히 이어 가지도 않습니다. 골목길에서도 멈추고, 강변에서도 멈추고, 나무 밑에서도 멈추고, 아이들 주변에서도 멈추고, 바위 옆에서도 멈춥니다. 아버지가 멈추면 나도 멈춥니다. 아버지가 멈추었다고 해서 무슨 특별한 일이 일어나고 있는 것도 아닙니다. 아버지가 특별히 무엇을 바라보는 것도 아니고 말을 하는 것도 아닙니다. 아버지의 시선은 늘 애매한 곳에 있고 아버지는 입을 우물거리면서도 말은 하지 않습니다. 그러므로 아버지는 그저 말없이 멈추었다가 다시 걸음을 옮길 뿐입니다. 바라보는 내가 다 속이 탈 지경입니다. 안 그래도 편치 않았던 내 마음이 아버지의 행동 때문에 더 불끈불끈해집니다. 결국 위태했던 아버지의 걸음은 오래 이어지지 못합니다. 아버지는 주막에 들어가 궁둥이를 붙이고 앉는 것으로 아버지를 닮은 걸음을 멈춥니다.

'주막에 오고 싶으셨나?'

아닙니다. 아버지의 목적지가 주막일 리는 없습니다. 아버지는 번거로운 걸 좋아하지 않습니다. 술이 그리웠다면 집에서 마셨겠지요. 아버지의 심중에는 분명 다른 곳이 있습니다. 나와 함께 가야만 하는 분명한 이유를 지닌 곳이 있습니다. 그러나 자리에 앉은 아버지는 좀처럼 주막을 뜰 생각을 하지 않습니다. 주막에서 꼭 취해야만 하는 수백 가지 이유를 지닌 사람처럼 술잔을 계속해서 비워 나가기만 합니다. 마침내 취기가 아버지의 몸과 마음에 골고루 도달했습니다. 버릇대로 버선을 벗은 아버지는 나를 보며 허허 웃더니 갑자기 손을 들어 어딘가를 가리킵니다.

"버드나무 가지에 꾀꼬리가 앉았구나."

아버지의 손을 따라 버드나무를 봅니다. 산들산들 부는 바람에 버드나무는 실가지를 이리저리 흔들고 있습니다. 검무를 추듯 때로는 날카롭게, 탈춤을 추듯 때로는 부드럽게 제 몸을 움직이고 있는 중입니다. 그러나 그 춤들을 지우고 살펴봐도 꾀꼬리는 보이지 않습니다. 두 눈을 크게 떠 보아도, 두 눈을 가늘게 떠 보아도 꾀꼬리는 보이지 않습니다. 내 눈에는 바람을 이기지 못하고 흔들리는 버드나무 가지만 보일 뿐입니다. 아버지는 분명 버드나무 가지에 꾀꼬리가 앉았다고 했습니다. 그런데 나는 도무지 그 꾀꼬리를 찾을 수가 없습니다.

"현감을 지내던 시절의 어느 한가한 날, 나는 동헌에서 보이는 버드나무와 그 버드나무 가지에 앉은 꾀꼬리를 그린 적이 있었다. 그 그림을 그렸을 땐 만족스러웠으나 얼마 전부터 그 그림이 계속 생각이 났고 내내 마음에 걸렸다. 왜 그런지 몰랐다. 뭐가 잘못되어 그런지 몰랐다. 이제 저 버드나무를 보니 알겠다. 너도 한 번 보아라. 저 버드나무 뒤로 뭐가 보이느냐?"

현감이란 말에 내 마음이 흔들, 합니다. 다시 한 번 버드나무를 봅니다. 늦봄의 강변에 자리한 버드나무는 밝습니다. 햇빛을 저 홀로 머금은 듯 밝아 주위의 사물을 모두 지울 정도입니다.

"저 아름다운 버드나무의 주위는 텅 비어 있어 꽉 차 있구나. 그런데도 나는 버드나무를 그리면서 주위를 어지러운 선들로 잔뜩 채워 넣었다. 버드나무도 거친 길 한가운데 그려 놓았다. 그래서 버드나무는 답답한 삶을 살게 되었다. 그게 항상 내 마음을 괴롭혔다. 그러니 이제 새로 그린다면 나는 어지러운 선들을 다 지우고 여백만을 그려야겠다.

그 여백에는 아름다운 시 하나를 써넣으면 좋겠고."

아버지는 눈을 감습니다. 아버지의 입에서 시 한 수가 흘러나옵니다.

어지럽다 저 황금빛 베틀 북이 수양버들 물가를 오가더니
안개와 비를 이끌어다 봄 강에 고운 깁을 짰구나.

아버지가 읊는 시를 들으며 다시 한 번 버드나무를 봅니다. 현감 시절을 끄집어낸 아버지의 마음을 생각하며 버드나무를 봅니다. 버드나무가 달리 보입니다. 지금껏 맑던 버드나무 주위가 갑자기 안개와 비로 젖어 듭니다. 푸드득 소리가 납니다. 새 한 마리, 꾀꼬리 한 마리가 어느새 나뭇가지에 앉아 있습니다. 나는 깜짝 놀랍니다.

"꾀꼬리가 보여요."

"정말로 보이느냐?"

"네."

"풍경이 어떠하냐? 제법 괜찮으냐?"

"네."

네, 라고 대답하기는 했으나 내가 본 것을 믿을 수가 없습니다. 눈을 한 번 감았다가 뜹니다. 꾀꼬리는 없습니다. 안개와 비도 없습니다. 그저 버드나무만이 있을 뿐입니다. 바람에 가지가 흔들리는 버드나무만이 있을 뿐입니다. 도대체 뭐라 말하면 좋을지 알 수가 없습니다. 아버지가 먼저 말합니다.

"꾀꼬리를 보았다고?"

"네."

아버지가 더 말할 줄 알았습니다. 그게 전부였습니다. 아버지는 발바닥을 한 번 쓰다듬더니 버선을 신고 자리에서 일어납니다.

"가자. 시간을 너무 많이 허비했구나."

자리에서 일어나긴 했지만 머리는 혼란스럽습니다. 비록 잠깐이긴 하지만 나는 분명 꾀꼬리를 보았습니다. 곧바로 사라진 걸 보면 그 꾀꼬리는 실제의 꾀꼬리가 아닙니다. 그런데 나는 어떻게 꾀꼬리를 본 걸까요? 내가 고민하는 사이 아버지는 벌써 저만치 앞서 갑니다. 이번에는 멈추지도 않고 걸음을 서두릅니다. 나는 뛰다시피 아버지를 쫓아 갑니다.

3

솟을대문이 우뚝한 집입니다. 괜히 몸이 떨리고 마음이 움츠러듭니다. 나는 지금껏 한 번도 솟을대문 집에 들어가 본 적이 없습니다. 아버지는 어떤가요? 겸인의 뒤를 따라가는 아버지의 걸음은 당당합니다. 솟을대문이 우뚝한 집에 늘 살고 있던 사람처럼 거침이 없습니다. 아버지처럼 어깨를 펴 보려 애를 씁니다. 잘 되지 않습니다. 무거운 기왓장이 내 어깨를 누르고 있는 기분입니다. 어깨를 폈다간 기왓장이 와장창 소리를 내며 깨질 것 같습니다. 할 수 없이 나는 어깨를 움츠리고 아버지의 뒤만 따라 걷습니다.

당당한 아버지와 주눅이 든 내가 도달한 사랑채 앞에는 젊은 남자가 서 있습니다. 이목구비부터 유별나게 깔끔하고 반듯반듯해서 양반임을 도저히 숨길 수 없는 젊은 남자는 웃으며 아버지에게 손을 내밉니다.

"내 아침부터 기다리고 있었소. 드디어 그 흥이 찾아온 것이오?"

아버지는 고개를 숙이고 남자가 내민 손을 살짝 잡았다 놓습니다. 아직도 몸과 마음이 정상이 아닌 나는 아버지보다 더 깊숙이 고개를 숙여 예를 표합니다. 남자는 부드러운 웃음으로 응대합니다. 남자와 아버지 사이에 약간의 옥신각신이 벌어집니다.

"먼저 들어가시게나."

"그럴 수 없습니다. 어찌 감히 제가……."

결국 남자는 성난 표정을 짓고 아버지의 등을 떠밀다시피 합니다. 아버지는 그제야 못 이기는 척 사랑으로 들어갑니다. 나는 남자의 뒤를 따라 조용히 사랑으로 따라 들어갑니다.

아버지는 자리에 앉기 무섭게 먹부터 갑니다.

"오늘따라 취화사의 마음이 몹시도 급하구려. 술이라도 한잔 하고 시작해도 되지 않겠소?"

아버지는 허허 웃으며 답합니다.

"모처럼 흥이 찾아왔으니 서둘러 그려야지요."

"하긴, 그 흥이 찾아오기를 내 벌써 석 달, 그러니까 지난겨울부터 애타게 기다렸으니."

술에 취하고 흥에 취한 아버지가 그림을 그립니다. 내 입이 살짝 벌어집니다. 아버지의 손이 너무도 빨라 머릿속에 이미 있는 그림을 그저 종이에 옮기고 있는 것만 같습니다. 아버지의 손을 통해 일필휘지의 진정한 의미를 깨닫습니다. 아버지는 그 신명으로 여섯 장의 그림을 연이어 그립니다. 절벽과 소나무로 시작한 그림은 달과 구름과 강물로 이어지더니 갈대 사이로 노니는 게로 끝났습니다. 아버지가 그림 그리는 내내 어허, 으흐 하며 추임새를 넣던 남자는 아버지가 붓을 놓자 감탄을 연발합니다.

"흥이 찾아온 게 아니라 아예 그림의 신이 붙었구려. 그 옛날 궁궐 벽에 두어 시간 만에 신선들을 그렸을 때도 이러하였소?"

남자는 아버지에 대해 잘 알고 있는 사람이었습니다. 나는 나중에야 남자가 무척이나 고귀한 집안의 후손이며, 아버지의 그림에 깊은 애정을 갖고 있던 사람이라는 사실을 알게 되었지요. 그러나 그것은 나중의 이야기입니다.

지금은 그저 천생 양반인 남자가 아버지에 대해 잘 알고 있는 게 신기하기만 합니다. 나는 남자를 통해 젊은 시절의 아버지가 궁궐 벽에 신선을 벼락같이 그린 이야기를 처음으로 들었습니다. 나는 나중에 이 이야기를 내 둘도 없는 친구에게 들려주게 되는데 그 친구는 내 이야기를 무척이나 마음에 들어 했습니다. 친구는 내가 들려준 이야기를 글로 쓰기도 했지요.

임금이 일찍이 회칠한 큰 벽에 바다에 사는 여러 신선을 그리도록 명한 적이 있었다. 김홍도는 환관에게 짙은 먹물 두어 되를 받들게 하고 는 모자를 벗고 옷을 걷어 올렸다. 벽 앞에 선 그는 비바람처럼 거세고 빠르게 붓을 휘둘렀다. 두세 시간이 못 되어 그림이 완성되었다. 물은 흉흉하여 집을 무너뜨릴 기세였고, 살아 있는 존재처럼 생생한 신선은 구름을 뚫고 아예 하늘로 올라가려 했다.

나는 아, 허 등의 감탄사가 많이 섞인 남자의 이야기를 들으며 아버지가 그렸다는 그 그림을 생각합니다. 저마다의 개성으로 가득한 신선들이 물결 이는 바다 위를 마른 땅 밟듯 가뿐히 걷고 노니는 장면을 상상합니다. 나는 살짝 눈을 감고 내 상상을 구체적으로 그려 보려 애를 씁니다. 주막에서 눈 감고 꾀꼬리를 봤듯 신선들을 보려 애를 씁니다. 하지만 이번에는 실패입니다. 내 머릿속에는 파도만 이리저리 휘몰아칠 뿐입니다. 남자의 말을 들으며 나는 다시 눈을 뜹니다.

"그대는 정말 놀라운 사람이오. 내 그대를 위해 전(傳)을 쓰겠소."

나는 깜짝 놀랐습니다. 양반 남자가 화원인 아버지의 전을 직접 쓰겠다는 겁니다. 아버지가 부탁도 하지 않았는데 말입니다. 아버지의 능력을 진심으로 인정하지 않고서야 있을 수 없는 일이지요. 나는 아버지가 당연히 기뻐할 줄 알았습니다. 아니었습니다. 아버지는 정색하고 말합니다.

"지금 세상에 내 그림을 모르는 이는 아무도 없습니다."

너무 놀라 벌린 입을 다물지도 못합니다. 열세 살 내가 듣기에도 아버지의 말은 몹시 위험해 보입니다. 아버지를 위해 전을 쓰겠다는 말에 기뻐하기는커녕 자신의 그림은 이미 세상에 널리 알려져 있다고 핀잔하듯 답한 것입니다. 그 말이 무슨 뜻입니까? 모두가 아버지를 잘 알고 있으니 굳이 따로 전을 쓸 필요가 없다는 뜻이겠지요.

마음이 불안해집니다. 남자는 아버지를 잘 알고 아버지를 환대하는 사람이지만 그럼에도 이목구비부터 양반인 사람입니다. 양반도 아닌 천한 화원이 양반의 말을 정면으로 거스르는 것을 그냥 보고 넘길 리는 없습니다. 내가 아는 양반은 그런 식의 기어오름을 결코 용납하는 법이 없습니다. 양반은 자기에겐 관대하고 남에겐 냉정합니다. 다행히 아버지는 남자가 뭐라 하기 전에 이내 웃음을 지으며 다른 말을 보탭니다.

"공의 문장이 정말로 훌륭하다는 말을 들었습니다. 공의 문장은 저의 그림보다 몇 배는 더 뛰어납니다. 그러니 이 그림의 여백에 공의 평을 써 주시는 게 저에게는 더 값진 보상입니다."

남자의 눈빛이 살짝 흔들립니다. 전을 거부한 아버지의 말과 그 뒤에 이어진 아버지의 부탁을 저울에 올려놓고 경중을 가늠하는 이의 표정이라 할 수 있을까요? 남자의 저울질은 오래 걸리지 않았습니다.

"알겠소, 내 그리하겠소. 다만 재주가 미약하여 그대처럼 앉은 자리에서 곧바로 써 낼 수는 없으니 되도록 오래도록 고민한 후 제대로 쓰도록 하겠소."

"고맙습니다."

아버지는 고개 숙여 보인 후 자리에서 일어납니다. 남자가 놀라며 아버지의 소매를 잡습니다.

"오래간만에 왔으니 더 놀다 가시게나. 술상도 준비해 놓았다네."

"흥이 일어 그림을 그렸습니다. 그걸로 다 되었으니 이제 가겠습니다."

남자는 아버지의 얼굴을 한참 바라보다 고개를 젓습니다.

"그대는 참 여전하오."

아버지는 웃음으로 화답합니다. 남자는 아버지의 손을 잡고 흔듭니다.

"그렇다면 내 그대에게 주고 싶은 게 하나 있는데……."

"평을 써 주시는 것이 제게는 가장 큰 선물입니다. 공께서는 조금도 염려하지 마십시오."

남자가 허허 호탕하게 웃습니다.

"하여간 그 고집은……."

아버지도 남자처럼 허허 호탕하게 웃습니다. 남자는 고개를 한 번 끄덕이고 아버지에게 다시 손을 내밉니다. 아버지는 고개를 숙이고 남자의 손을 살짝 잡았다 놓습니다. 나는 아버지보다 더 깊숙이 고개를 숙여 남자에게 예를 표합니다. 아버지가 방문을 열고 나오는 걸로 끝났다 싶었는데 남자가 다시 아버지를 부릅니다.

"어제 김 진사를 만났는데 자네 그림을 내게 보여 주더군."

"어떻던가요?"

"그게…… 아무래도 위작인 것 같았네. 김 진사가 입에 침이 마르도록 자랑하기에 내 군이 뭐라 말하지는 않았지만 말일세."

"공이 가지고 계신 것 중엔 없겠지요?"

"물론이지. 내가 자네가 그린 그림과 위작을 구분도 못 할 거라 생각하는가?"

"그러시면 그걸로 되었습니다."

솟을대문 우뚝한 집을 나선 나와 아버지를 저녁 햇살이 맞이합니다. 한바탕 광풍이 지나간 셈이나 해는 아직 완전히 떨어지지도 않았습니다. 아버지는 잠시 걸음을 멈춥니다. 아버지는 저녁 하늘 어딘가를 바라보며 말합니다.

"집에 가기엔 너무 이른 시간이로구나."

"네."

"아까 그 주막에 들렀다 가자."

아버지는 느긋하고 조용하게 걷습니다. 사람들과 자연은 여전히 떠들썩하고 분주한데 오직 아버지만이 가뿐하면서도 느긋하고 조용한 걸음으로 걷습니다. 나는 아버지의 뒤를 따릅니다. 내 마음은 분주합니다. 아버지에게 새로 묻고 싶은 게 여럿 생겼기 때문입니다.

4

아버지는 빠르게 술을 비웁니다. 다른 때보다 서너 배는 더 빠른 속도로 술을 비웁니다. 아버지는 내가 따르기 무섭게 술을 비우고는 다시 술이 채워지기만을 기다립니다. 얼마 지나지 않아 아버지는 버선을 벗습니다. 아버지가 술 마시는 모습을 지금껏 꽤 많이 보았습니다. 그러나 이렇게 빠르게 술을 비우고 이렇게 빠르게 버선까지 벗는 건 처음입니다. 그렇다고 아버지의 표정이 그리 즐거워 보이는 것도 아닙니다. 마치 술을 마셔야만 하는 의무에 사로잡힌 사람 같습니다. 술을 마시지 않고는 잠시 잠깐도 견딜 수 없는 사람 같습니다. 잔뜩 진이 빠진게 조금 전 솟을대문 집에서 보았던 아버지와는 다른 사람인 것 같습니다. 시끌벅적하고 분주한 사람과 자연 사이에서 유독 말이 없는 아버지의 모습이 나를 불안하게 만듭니다. 지난겨울에 들었던 어머니의 말도 떠오릅니다. 그래서 나는 맨발을 한 번 쓰다듬는 아버지를 보며 잠시 고민하다 조심스럽게 입을 엽니다.

"오늘따라 너무 빨리 드시는 것 같아 염려스럽습니다."

아버지는 의아한 눈빛으로 나를 봅니다. 아버지가 방금 들은 말이 제대로 들은 것인지 모르겠다는 듯 귀를 살짝 매만지며 나를 봅니다. 이제 내친걸음입니다.

"오늘 찾아왔던 흥을 놓치실까 봐 염려가 됩니다."

아버지는 허허 웃고는 내 손을 잡습니다. 아버지는 한 손으로는 내 손을 잡고, 다른 손으로는 내 등을 두드립니다. 아까와는 달라진 아버지의 표정, 이제는 흐뭇한 웃음과 함께 나를 보는 아버지의 표정에서 나는 아버지의 기쁨을 봅니다. 엉겁결에 보탠 한마디 말에 기뻐하는 아버지를 봅니다. 나는 아버지에게 내내 궁금했던 것 중 한 가지를 묻습니다.

"아버지, 선물 정도는 받으셨어도 되지 않나요?"

아버지는 남자가 주려던 걸 거절했습니다. 남자가 무엇을 주려 했는지 나는 모릅니다. 하지만 그 장면을 보면서 꽤 속이 상했습니다. 아버지가 달라 한 것이 아니라 남자가 주겠다고 한 것입니다. 학비도 못 내는 판인데 굳이 거절할 필요까지는 없지 않았을까요?

아버지가 또다시 허허 웃습니다. 한참 웃은 아버지가 시를 읊습니다.

서쪽 이웃 부자면서도 부족함을 근심하고
동쪽 노인 가난하면서도 여유 있다 기뻐하네.

물론 아버지는 동쪽 노인이겠지요. 아버지의 얼굴에선 웃음이 떠나지 않지만 나는 다릅니다. 아버지는 여유 있는지 몰라도 내 종아리 사정은 다릅니다. 달리 묻기로 합니다.

"어떻게 현감이 되신 건가요?"

사실 내가 한 질문은 정확한 질문은 아닙니다. 내가 물으려던 것은 '화원이었던 아버지가 어떻게 현감이 되신 건가요?'입니다. 아니, 그것이 전부가 아닙니다. '어쨌든 아버지는 지금 화원이잖습니까?'라는 힐난도 있어야 합니다. 오늘, 아버지의 태도는 위태로웠습니다. 화원인 아버지가 아니라 현감인 아버지가 있는 기분이었습니다. 남자가 조금만 까칠한 사람이었다면 사달이 났을 것입니다. 내 마음을 아는 듯 모르는 듯 아버지는 이렇게 답합니다.

"선왕께 마음과 몸을 다하였기 때문이니라."

어려운 답입니다. 곰곰 그 의미를 생각하는데 이내 답을 바꿉니다.

"금강산 때문이겠지."

이 답변 또한 내게는 오리무중입니다.

"선왕께서는 금강산을 보고 느끼고 싶어 하셨다. 그래서 내가 선왕의 발이 되어 드렸단다."

아버지는 정조 임금님에게 바칠 그림을 그리기 위해 금강산에 두 달동안 머물렀다고 말합니다. 금강산 일만이천 봉우리를 하나 빼놓지 않고 오르락내리락 다니며 그림을 그렸다고 말합니다. 그렇게 해서 탄생한 그림이 그 길이만도 수백 자가 넘는 두루마리 그림 「금강산도」라고 말합니다.

"선왕께서 무척 흡족해하셨단다. 내 얼마나 마음이 놓이던지."

나는 아버지의 이야기를 옛이야기 듣듯 귀 기울여 듣습니다. 그러나 굳이 그 시절 이야기를 하는 아버지의 심중을 잘 이해하지는 못합니다. 나는 나중에야 그 그림을 직접 본 서유구의 글을 통해 아버지의 말에는 단 하나의 거짓 혹은 과장도 없었음을 알게 됩니다.

김홍도는 일찍이 임금의 명을 받들어 비단 화폭을 가지고 금강산에 들어가 오십여 일을 머물렀다. 일만이천 봉우리와 구룡연 등 여러 경승을 모두 가려 뽑아 잘 살펴본 뒤 그 형상을 그려 수십 장 길이의 두루마리로 완성했다.

그러나 그것은 나중의 일입니다. 그러므로 지금 나는 아버지의 말을 들으면서도 아버지의 말을 온전히 받아들이지 못합니다. 아버지는 또 다른 이야기를 꺼냅니다.

"선왕께서는 사도세자를 위해 건립하신 용주사에 탱화를 봉안하고 싶어 하셨다. 그래서 내가 선왕의 손이 되어 드렸다."

아버지는 정조 임금님이 세운 용주사 탱화를 그리기 위해 연경* 천주당**까지 보고 왔다 말합니다. 실감 나는 탱화를 위해 서양 나라의 기법을 연구하고 또 연구했다 말합니다. 그렇게 해서 탄생한 그림이 지금 용주사에 모셔진 탱화들이라고 말합니다. 동네에도 작은 절은 있으니 탱화를 본 적은 있습니다. 하지만 서울을 떠난 적도 없는 내가 용주사에 가 본 적이 있을 리 없습니다. 그러므로 아버지가 말하는 탱화가 보통의 탱화와 무엇이 다른지 알 길이 없습니다. 나중에야 나는 용주사를 찾아가서 아버지가 말한 서양 나라의 기법이 그 탱화들에 어떻게 적용되었는지를 내 두 눈으로 똑똑히 보게 됩니다. 그리하여 그 탱화 속의 석가모니며 아미타불이며 약사불들이 살아 있는 이들처럼 두툼한 부피감을 갖추고 손에 잡힐 듯 생생하게 그려져 있음을 알게 됩니다. 그러나 그것 또한 나중의 이야기이지요.

아버지가 내 질문에 답하는 동안 해가 떨어지고 달이 뜹니다. 금강산과 용주사로 대표되는 지난 시절을 이야기하는 동안 들떠 있던 아버지도 달과 함께 차분해집니다. 아버지의 목소리가 점점 작아지더니

---

* 燕京. 중국 베이징(北京)의 옛 이름.
** 天主堂. 가톨릭 성당.

마침내 사라집니다. 해가 지고 달이 뜨는 것처럼 자연스럽게 사라집니다. 이제는 모든 말을 마치고 다시 조용히 술잔만 들고 있는 아버지를 보면서 나는 아버지가 했던 그 많은 말들을 생각합니다. 정조 임금님의 손과 발이 되어 주었다는 아버지의 말과 정조 임금님에게 마음과 몸을 다하였다는 아버지의 말을 생각합니다. 내가 아버지에게 무엇을 물었던가요? 나는 아버지에게 어떻게 현감이 되었느냐고 물었습니다. 사실은 가시 돋친 속내가 그 질문 뒤에 있었습니다. 그런데 아버지는 내 속내는 하나도 모르고 그저 정조 임금님의 손과 발이 되어 주고 마음과 몸을 다했기 때문이라고 답한 것입니다. 모든 현감이 그런 식으로 현감이 되지는 않았을 것입니다. 그러나 아버지는 분명 그런 식으로 해서 현감이 되었을 것입니다. 정조 임금님에게 손과 발이 되어 주고 마음과 몸을 다했기에 화원이었으면서도 현감이 될 수 있었을 것입니다. 그러니까 아버지는 나의 드러난 질문에 제대로 답을 하긴 한 것입니다. 하지만 다른 속내를 지녔던 나는 아버지의 답을 온전히 수긍하지는 못합니다. 정조 임금님의 얼굴도 보지 못한 나는 아버지의 답을 들었으면서도 그렇구나 하고 온전히 수긍하지는 못합니다. 오히려 '그래서요?'라고 반발만 하게 됩니다. 조용히 술잔만 들고 있던 아버지가 내게 묻습니다.

"그림 공부는 잘되어 가느냐?"

"네?"

이건 또 무슨 이야기인가요? 그림을 가르쳐 달라고 애걸해도 가르쳐 주지 않은 아버지 입에서 나온 말이 '그림 공부는 잘되어 가느냐?'

입니다. 뭐라 답해야 할지 모르겠습니다. 그래서 오늘 온종일 생각했던 질문을 던집니다.

"이제 아버지를 위한 그림을 그리시는 건가요?"

대뜸 내뱉긴 했지만 사실 뜻도 잘 모르고 한 질문입니다. 아버지는 잠깐 고개를 들어 밤하늘을 보다가 이렇게 답합니다.

"그러려고 한다."

"그럼 이제 저한테 그림도 가르쳐 주실 거지요?"

아버지는 말없이 술잔만 비웁니다. 술이 더 없는 것을 확인한 아버지는 버선을 신고 자리에서 일어나며 툭 한마디를 던집니다.

"그렇게 화원이 되고 싶으냐?"

5

흥이 다한 곳엔 예기치 않은 시끄러움이 있기 마련입니다. 집에 돌아온 아버지와 나를 어머니의 근심 가득한 얼굴이 맞이합니다. 늘 근심으로 가득했으나 오늘의 근심은 유난히 깊어 보입니다. 어머니는 아버지에게 다가가 유난히 깊어 보이는 근심의 이유를 전합니다. 어머니는 내가 듣지 못하도록 낮은 목소리로 말했습니다. 괜한 수고입니다. 나는 어머니의 얼굴, 그리고 손에 든 보따리만으로도 유난한 근심의 이유를 짐작할 수 있습니다. 누이 때문입니다. 누이가 다시 아픈 것입니다. 시집간 누이는 한 해에 한두 번은 앓아눕곤 했습니다. 의원도 모르는 병으로 일 년에 한두 번은 꼭 앓아눕곤 했습니다. 한 번 앓아누우면 적어도 한 달은 앓아누운 후에야 간신히 몸을 추슬렀습니다. 어머니는 아버지에게 고개를 숙여 보이고 내게 다가옵니다.

"연록아."

어머니는 그다음 말은 잇지도 못하고 내 손을 잡습니다. 말 한마디 못하는 어머니에게서 나는 많은 이야기를 듣습니다. 그래서 일부러 밝은 목소리를 냅니다.

"집은 새똥만큼도 걱정하지 마시고 잘 다녀오세요."

어머니를 따라 동네 어귀까지 갑니다. 더 따라가겠다는 내 등을 떠밀고 홀로 걸어가는 어머니를 바라봅니다. 이제 보니 어머니의 등은 살짝 굽었습니다. 더 보고 있으면 눈물이 나올 것 같아 발걸음을 돌립니다.

터벅터벅 걸어 집으로 돌아온 나는 곧장 아버지의 방으로 들어갑니다. 내겐 아직 할 말이 남았거든요. 그림을 보고 있던 아버지는 아무 말도 하지 않습니다. 그저 한숨 한 번 크게 내쉴 뿐입니다.

내 시선은 그림으로 향합니다. 하늘에 뜬 밝은 달이 산과 물을 고루 비추는 그림입니다. 나는 이 그림을 잘 알고 있습니다. 이즈음 아버지가 홀로 이 그림을 펼쳐 놓고 생각에 잠긴 장면을 벌써 여러 차례 목격했습니다. 내 시선을 알아차린 아버지는 아무 말도 하지 않고 천천히 그림을 접곤 했지요. 오늘은 다릅니다. 내가 그림을 보고 있는 것을 알고도 아버지는 그림을 접지 않습니다.

"「월만수만도(月滿水滿圖)」다."

그 이름일 수밖에 없는 그림입니다. 아버지의 말대로 그림에는 달빛이 가득하고 물이 가득합니다. 어찌 보면 물이 꼭 달빛 같기도 하고, 달빛이 꼭 물 같기도 합니다. 보기만 해도 왠지 마음이 평화로워지는 좋은 그림입니다. 좋은 그림 앞에서 나는 또 내가 하려던 말을 잊습니다. 아, 나는 언제가 되어야 이런 그림을 그릴 수 있을까요?

"선왕의 마지막 해 정월 초하루에 내가 그려 바친 그림과 똑같은 그림이다. 『대학』의 팔조목*을 따라 여덟 장의 그림을 그려 바쳤는데 나는 이 그림이 가장 마음에 드는구나."

이제 비밀 하나가 풀렸습니다. 아버지의 말을 통해 나는 아버지가 이즈음 이 그림을 유독 자주 본 이유를 알게 되었으니까요. 나중에 나는 정조 임금님이 아버지가 그려 바친 여덟 장의 그림을 보고 글 하나를 남겼음을 알게 됩니다.

김홍도는 그림에 솜씨 있는 자이다. 삼십 년쯤 전에 내 초상화를 그린 후 나는 그의 이름을 잊지 않았다. 그 후로 그림에 관한 일은 모두 홍도가 주관하도록 했다. 화원은 새해 초에 그림을 그려 바치게 되어 있다. 금년에 홍도는 주자의 시로 여덟 폭 병풍을 그렸다. 주자가 남긴 뜻을 깊이 얻었다.

....

* 八條目. 『대학』의 여덟 가지 실천 덕목으로 격물(格物)·치지(致知)·성의(誠意)·정심(正心)·수신(修身)·제가(齊家)·치국(治國)·평천하(平天下)를 가리킨다.

아버지가 알았더라면 눈물을 흘렸겠지만 아버지가 그림을 보고 있을 때는 나도 아버지도 그 사실을 전혀 몰랐습니다. 그래서 아버지는 다만 내게 이렇게 말했습니다.

"내가 왜 선왕을 이리 그리워하는 줄 아느냐?"

"잘은 모르겠습니다."

"나를 화원으로 대하지 않으셨기 때문이다."

참 쓸쓸한 말입니다. 이 말의 뜻은 곧 지금의 임금님은 아버지를 화원으로만 대한다는 뜻입니다. 주막에서 아버지가 했던 말이 떠오릅니다. "그렇게 화원이 되고 싶으냐?"던 그 말 말입니다. 이제 아버지에게 물을 것도 없습니다. 아버지가 먼저 그 뜻을 밝혔기 때문입니다. 그렇게 나는 아버지의 마음 한 자락을 읽습니다. 하지만 그렇다고 화원 되기를 포기할 수도 없는 일입니다. 내가 할 수 있는 일이란, 그 일뿐이기 때문이지요. 내가 아버지의 마음을 알았으니 아버지도 내 마음을 알아주면 좋겠습니다.

아무 말 하지 않고 그림의 여백을 채운 시를 읽습니다. 가장 마음에 드는 것은 마지막 구절입니다.

빈산엔 달빛 가득, 못엔 물이 가득.

참 아름다운 문장입니다. 가슴이 살짝살짝 출렁입니다. 마치 내 가슴이 달과 물로 가득해진 것 같습니다. 나는 그것들을 그냥 담아 두고 있을 수 없습니다. 그래서 입을 열어 내 가슴에 찬 달과 물을 아버지를 향해 살짝 뱉어 냅니다.

"선왕께서는 달을 무척 좋아하셨나 봅니다."

아버지가 눈을 크게 뜨고 나를 쳐다봅니다. 아버지는 허허 소리 내어 웃습니다.

"그렇다. 네 말대로 선왕께서는 달을 무척 좋아하셨다. 스스로를 달이라고 생각하셨다. 어두운 세상을 비추는 달, 온 천지를 비추는 달이라고 스스로를 생각하셨다. 그래서 선왕은 만천명월주인옹(萬川明月主人翁)이라는 호를 스스로 지으셨지."

만천명월주인옹, 듣기만 해도 마음이 저절로 포근해지는 이름입니다. 세상 모든 물을 비추는 하늘의 밝은 달, 그리고 그 주인인 할아버지! 너그러운 시선으로 온 세상을 굽어살피는 인정 많고 세심한 할아버지! 나중에 나는 정조 임금님이 오십도 되지 않은 나이에 세상을 떠났다는 사실을 알게 됩니다. 정조 임금님의 성격이 포근하기는커녕 엄하고 까다로웠다는 사실도 알게 됩니다. 그런 이야기를 다 들은 후에도 「월만수만도」를 통해 얻은 정조 임금님에 대한 내 첫인상은 바뀌지 않았습니다. 정조 임금님은 그림 한 점으로 나에겐 언제나 포근하고 따뜻한 할아버지가 되었습니다.

"지금 세상에도 달은 있으나 그 달은 이전의 달이 아니다. 한때 달은 포근했으나 지금은 냉랭하다. 포근하지 않고 냉랭하기만 한 달은 더는 달이 아니다."

내게 하는 말일까요? 아버지의 얼굴을 봅니다. 아버지의 얼굴은 나를 보고 있지 않습니다. 아버지가 생각에 잠겨 있는 동안 나 또한 아버지가 한 말을 생각합니다. 어려운 말입니다. 변함없는 모습으로 하늘을 지키는 것이 달 아니던가요? 그런데 아버지는 지금의 달은 예전의 달이 아니라고 말했습니다. 그 말뜻, 알 것 같습니다.

방문도 꼭 닫았는데 갑자기 바람이 느껴집니다. 늦봄의 바람이 제법 매섭습니다. 여름이 코앞에 있는데 바람은 아직 매섭습니다. 늦봄의 바람이라 하기엔 너무도 차갑습니다. 혹시나 싶어 다시 방문을 열었다 닫아 봅니다. 하지만 바람은 여전히 차갑기만 합니다. 바람을 견디던 나는 나도 모르게 몸을 움츠립니다. 아버지는 어떤가요? 아버지도 바람에 몸을 움츠리고 있나요? 아닙니다. 아버지는 내가 있는지 없는지도 모르는 채 그림만 보고 있습니다. 시절에 어긋난 바람에 열세 살 내가 움츠리고 추워하는지도 모른 채 말없이 그림만 보고 있습니다.

6

밤새 나쁜 꿈을 꾸느라 몹시도 몸을 뒤척인 탓에 다른 날보다 빨리 잠자리에서 일어납니다. 달빛이 아주 조금 남아 있는 밖은 희읍스름합니다. 하품을 하며 아버지의 방을 봅니다. 불이 켜져 있습니다. 나는 흐드러지게 하품 한 번을 더 한 뒤 옷매무새를 다듬고 아버지의 방으로 갑니다.

내 인사를 받은 아버지는 부채를 내밉니다. 규장각에서 선물로 받았다는 책 향기 가득한 그 부채입니다.

"네 훈장에게 드려라. 그 정도면 만족하실 게다."

내가 받은 그 부채는 어제의 그 밋밋한 부채가 아닙니다. 부채에는 그림이 있고 글씨가 있습니다. 그림은 흔히 보던 그림입니다. 낮은 바위에 서서 넓은 강을 바라보는 노인이 그려져 있습니다. 노인의 등은 약간 굽은 듯합니다. 노인은 작고 노인이 밟고 선 바위도 작습니다. 대신 강은 넓고도 넓어 끝이 보이지 않습니다. 아득히 먼 곳에 배 한 척이 보입니다. 내가 강이라 칭한 여백은 사실 온통 글씨이기도 한데 그 내용이 조금은 이상합니다.

큰 족자는 여섯 냥, 반 폭 족자는 넉 냥, 작은 것은 두 냥이다. (……) 선물이나 음식보다는 돈으로 받고 싶다. 그 선물이 내게 필요하지 않을 수도 있기 때문이다. 현금으로 준다면 매우 기쁘니 글씨와 그림이 필경 더 좋아질 것이다.

아버지는 돈 이야기를 즐겨 하지 않습니다. 즐겨 하지 않기는커녕 입에 담지도 않습니다. 어머니가 삯바느질하는 걸 뻔히 보고도 아버지는 아무 말도 하지 않았습니다. 어제는 솟을대문 집 남자의 선물도 단번에 거절했습니다. 그런 아버지가 부채에 그림을 그리고 온통 돈 이야기를 썼습니다. 그것도 그냥 돈 이야기가 아니라 그림값에 관한 이야기입니다.

"정판교가 쓴 글 일부를 쓴 것이다. 내용은 더 있지만 부채는 작고 또 그 정도면 뜻은 온전히 전달될 테니 말이다."

나는 정판교가 누구인지 모릅니다. 나는 나중에야 정판교가 중국인이며, 현령을 지냈으며, 또한 당대 최고의 화가였음을 알게 됩니다. 정판교가 부채의 여백을 채운 그 글을 쓴 이유는 밀려오는 주문을 다 감당할 수 없기에 그림값을 정해 세상에 알리기 위함이었음을 알게 됩니다. 그림값을 놓고 옥신각신하기 싫으니, 입도 뻥긋하기 싫으니 그림을 받고 싶으면 정해진 값을 내라고 알리기 위해 쓴 글임을 알게 됩니다. 이렇게만 쓰면 정판교는 뻔뻔한 화가처럼 보이겠지요. 돈을 받지 않고는 그림 한 점 그리지 않는 냉정한 화가처럼 보이겠지요. 그러나 결론부터 말하자면 정판교는 절대 그런 사람이 아닙니다. 정판교는 현령 시절 굶주리는 백성들을 위해 상부의 허가도 받지 않고 창고를 열었습니다. 독단적으로 창고를 열었다는 이유로 끝내는 현령에서 쫓겨났습니다. 그런 자신을 '바보'라 칭하며 더는 관직에 연연하지 않고 화가의 길을 걸었던 사람이었습니다. 나는 나중에 아버지가 정판교에 대해 느꼈을 감정에 대해 생각해 보게 됩니다. 정판교와 아버지는 겹치는 부분이 많았습니다. 당대 최고의 화가였다는 점, 관직을 지냈다는 점이 특히 그렇습니다. 다른 부분도 있지요. 정판교는 그림을 팔아 먹고사는 것을 부끄럽게 생각하지 않았으나 아버지는 그렇지 않았습니다. 아버지는 자신의 그림에 값을 매기는 것 자체를 혐오했습니다. 정판교는 자유롭게 그림을 그리며 말년을 보냈으나 아버지는 온갖 시험으로 얽매인 규장각 소속 화원의 삶을 살았습니다. 그런데 궁금증이 생깁니다. 아버지는 왜 훈장님에게 주는 부채에 다른 글도 아닌 정판교의 글을 썼을까요? 그 뜻은 도대체 뭘까요?

부채를 건넨 아버지는 곧바로 다른 이야기를 꺼냅니다.

"이제 곧 여름이 올 것이다. 여름이 오면 함께 강으로 나가도록 하자."

"네."

"오래간만에 강을 보며 그림이라도 그려야겠다."

"네."

아버지가 말하니 네, 라고 답하기는 했으나 여름, 배, 강 따위의 단어들은 생경하기만 합니다. 여름, 배, 강은 멀고 먼 훗날의 이야기로만 느껴집니다. 어제 꾸었던 꿈보다도 더 비현실적으로만 느껴집니다. 아버지에게 고맙다는 말을 할까 생각해 봅니다. 아닙니다. 그러지 않는 게 낫겠습니다. 그래서 나는 어제 보았던 아버지의 그림과 달과 물을 생각합니다. 내 몸을 채웠던 그림 속의 달과 물을 생각합니다. 그림 속에 뜬 달과 물이라면 그 물에는 배를 띄울 수 있을 것만 같습니다. 배를 띄우고 걱정 없이 놀 수 있을 것만 같습니다. 그래서 이렇게 묻습니다.

"아버지는 어떻게 솟을대문 밑을 그리도 당당하게 걸으세요?"

아버지가 곧바로 답합니다.

"내가 괜히 술을 취하도록 마셨겠느냐?"

아버지가 나를 보며 허허 호탕하게 웃습니다. 지금껏 웃음없이 말하던 아버지가 갑자기 나를 보며 호탕하게 웃습니다. 그 웃음이 좋습니다. 그래서 나도 웃습니다. 아버지를 따라 웃되 허허 웃지는 않고 소리 없이 빙긋 웃습니다.

여름,

그 어지럽고 외로웠던 여름

1

보름 만에 다시 보는 아버지의 얼굴은 낯섭니다. 고작 보름을 보지 않았을 뿐입니다. 그런데 아버지는 내가 전에 한 번도 만난 적 없는 사람처럼 보입니다. 내 아버지가, 왜 그렇게 보이는 걸까요? 한참 만에야 무언가를 깨닫고 입술을 꽉 깨뭅니다. 아버지는 늙어 버렸습니다. 보름 동안 아버지는 참 많이 늙어 버렸습니다. 수염의 흰 터럭이 눈에 띄게 늘어났고, 얼굴 주름은 더 굵어졌고, 피부는 버석해졌고, 눈동자는 더 흐려졌고, 몸은 작아졌습니다.

아버지는 크게 앓았습니다. 원래부터 건강한 아버지는 아니었습니다. 누이와 마찬가지로 아버지 또한 일 년에 한두 번은 연례행사처럼 앓아눕곤 했습니다. 별 탈 없이 지내는가 싶다가도 때가 되면 그래야 하기라도 하듯 갑자기 앓아눕곤 했습니다. 그러니까 누이의 병약한 몸은 실은 아버지로부터 기원한 것이지요. 다만 아버지는 누이처럼 오래 앓지는 않았습니다. 사나흘이 지나면 아무 일도 없었던 사람처럼 가볍게 자리를 털고 일어나 원래의 아버지로 돌아왔습니다. 그런 의미에서 아버지에게 병은 꼭 나쁜 것만은 아니었습니다. 아버지는 자신의 병을 액막이로 치부하며 반기기까지 했으니까요. 이번엔 달랐습니다. '사나흘'이 훌쩍 지났지만 아버지는 일어날 엄두조차 내지 못했습니다. 내가 보기에도 그냥 액막이로 끝날 것 같지는 않았습니다. 약방에서 지어 온 약을 먹고도 꿈쩍 못 했으니 아버지는 꽤 깊은 병에 걸린 게 분명했습니다.

아버지가 병에 걸려 꼼짝 못하게 된 데에는 여러 이유가 있을 것입니다. 적지 않은 나이를 그중에서도 가장 먼저 꼽아야 하겠지요. 그러나 내 머리는 규장각을 원흉으로 지목합니다. 여름이 시작되면서 규장각에서는 하루 이틀 간격으로 시험이 이어졌습니다. 산수니, 인물이니, 초충이니 하는 과제에 맞는 그림을 그려 내는 시험이었지요. 결론부터 말하자면 아버지는 거의 모든 시험에서 좋은 성적을 거두었습니다. 정해진 시간 안에 완성도 높은 그림을 제작해 내는 건 아버지에게 그리 힘든 일은 아니었을 겁니다. 젊은 화원들이 치고 올라온다고는 하나 수십 년 동안 그림을 그려 온 아버지의 경쟁 상대는 못 되었지요. 그러므로 제법 고된 시험을 치르면서도 아버지는 조금도 지치지 않은 것처럼 보였습니다. 아, 한 가지 달라진 게 있기는 했습니다. 집에 돌아온 후에도 아버지의 손은 멈추지 않았습니다. 아버지는 넘치는 힘으로 자신만의 그림을 그렸습니다. 그뿐만이 아니었습니다. 그림 한 장을 완성한 후엔 나를 붙잡고 술을 마시며 젊은 화원들의 실력을 은근히 깎아내리기도 했습니다.

"차림새와 대우에 신경 쓰는 것만큼 그림에도 신경을 쓰면 좋으련만."

다른 사람에 대해 말하는 걸 별로 좋아하지 않는 아버지가 젊은 화원들에 대해서는 유독 그냥 넘어가지 않았습니다. 나는 어느 쪽이었냐 하면 아버지의 험담을 즐기는 쪽이었습니다. 폄하의 말을 하는 아버지의 얼굴은 꽤 여유롭고 만족스러워 보였습니다.

비록 아버지에게 바가지로 욕을 들어 먹기는 했지만 규장각 화원은 아무나 되는 게 아닙니다. 도화서 화원 가운데에서도 실력을 갖춘 자들만 들어갈 수 있는 곳이 바로 규장각입니다. 내 실력은 어떻겠습니까? 젊은 화원들의 발꿈치 정도 수준이겠지요. 결국 아버지의 말은 나를 자극하는 말이 되었습니다. 아버지에게 인정받으려면, 아버지를 설득하려면 우선은 규장각 젊은 화원들의 수준에는 이르러야 했습니다. 그래서 나는 전보다 더 열심히 그림을 그렸습니다. 서당에 다녀오면 방에 들어가 나오지 않았습니다. 그 좁은 방 안에서 아버지 화첩을 본으로 삼아 열심히 그림을 그렸지요.

규장각 여름 시험이 끝나던 날, 아버지는 쓰러졌습니다. 집으로 돌아오자마자 머리에 손을 짚더니 그대로 툇마루에 주저앉았습니다. 처음에는 나도, 어머니도, 당사자인 아버지도 대수롭지 않게 여겼습니다. 아버지는 자리에 누운 뒤 나를 보고 웃으며 이렇게 말했을 정도입니다.

"올해도 손님이 오셨구나."

액막이로 치부할 수 있는 사나흘이 그냥 흘렀습니다. 아버지는 일어나지 못했습니다. 자리에서 털고 일어나기는커녕 팔 하나 까딱하지 못했습니다. 나는 그제야 뭔가 잘못되었다는 사실을 깨달았습니다. 우리 모두는 아버지의 병에 대해 오판을 한 것입니다. 아버지가 다시 일어나기까지는 그 뒤로도 보름이 더 걸렸다고 합니다.

내가 그 사실을 남에게서 전해 들은 것처럼 이야기하는 이유가 있습니다. 아버지가 쓰러진 후 처음 사나흘 동안 나는 아버지 곁을 지켰습니다. 끙끙거리기만 하던 아버지는 내 도움을 받고 자리에서 일어나 고함 노인에게 편지를 썼습니다. 고함 노인의 이웃에는 꽤 유명한 의원이 살고 있거든요. 십 년 전쯤에도 꽤 오래 앓은 적이 있었던 아버지는 그 의원의 도움으로 병을 이겨 냈다고 합니다. 성질 급한 고함 노인은 번거롭게 하지 말고 그냥 자신과 함께 지내자며 가마를 보내왔습니다. 아버지는 그렇게 집을 떠났다가 보름이 지난 후에야 다시 집으로 돌아온 것입니다.

보름 만에 십 년 세월을 한꺼번에 늙어 버린 아버지의 모습이 나를 먹먹하게 합니다. 그렇다고 울 수도 없습니다. 내가 울면 분명 아버지가 가슴 아파할 것입니다. 그래서 나는 애꿎은 입술만 자꾸 깨뭅니다. 아버지를 만나면 꼭 해야겠다고 며칠 전부터 단단히 결심한 말이 있으면서도 정작 그 말을 못하고 입술만 자꾸 깨뭅니다. 대신 이렇게만 묻습니다.

"이제 괜찮으신 건가요?"

"그 의원, 용한 건 변함이 없더라. 몸이 꽤 가뿐해졌다."

아버지가 하, 짧은 한숨을 내쉰 뒤 화제를 내게로 돌립니다.

"서당엔 잘 다녔고?"

잠시 고민하다 그냥 "네."라고 답합니다.

"주위가 어지러우면 마음도 따라서 흔들리는 법이다. 그럴 때 마음을 다잡고 열심히 해야 네 실력이 느는 법이다."

"명심하겠습니다."

아버지가 힘이 부치는지 잠깐 벽에 등을 기댑니다. 이때다 싶어 입을 엽니다.

"그림도 열심히 그렸습니다. 보여 드릴까요?"

아버지가 고개를 살짝 끄덕입니다. 방으로 가 그림을 고르다가 제일 잘된 것 같은 그림 한 점만을 가져옵니다.

"아버지의 산수화를 보고 그렸습니다."

아버지는 그림을 흘낏 보곤 대뜸 이렇게 말합니다.

"눈에 보이는 건 잘 따라 그렸구나."

그뿐입니다. 더 이상의 말은 없습니다. 잘 알아듣기 힘든 평이지만 칭찬이 아니라는 건 알겠습니다. 궁금증은 가득한데 나는 더 물어볼 기회를 얻지 못합니다. 아버지가 책장에 있던 그림 한 점을 꺼내 펼친 까닭입니다.

"너에게 보여 주고 싶어 그렸다."

간사한 내 마음이 이번에는 기쁨으로 요동을 칩니다. 병으로 앓아 누웠던 아버지가 나를 생각하며 그림을 그렸다고 말한 것입니다. 무슨 그림일까, 잔뜩 기대했던 나는 그림을 보고는 아무 말도 하지 못합니다. 아버지는 분명 내게 보여 주고 싶어 그림을 그렸다고 했습니다. 그런데 그림에 나의 모습은 없습니다.

물론 그래서 안 된다는 법은 어디에도 없습니다. 나를 보고 싶다고 해서 꼭 나를 그려야 하는 것은 아닙니다. 산이 보고 싶다 해서 산을 그리는 것도 아니고 물이 보고 싶다 해서 물을 그리는 것도 아니니까요. 때로는 달 하나로 산과 물을 대신할 수도 있는 것이니까요. 못 견디도록 뜨거운 마음을 부드러운 꽃 한 송이로 대신하는 게 바로 그림의 묘미 아니겠습니까? 그러나 아버지의 그림은 내 상상의 범위를 가뿐히 넘어섭니다. 산과 물을 달로 대신하는 것밖에 모르는 내 지식의 범위를 너무도 가뿐히 넘어섭니다.

아버지는 가부좌를 틀고 앉은 노승의 뒷모습을 그렸습니다. 노승은 연꽃 같기도 하고 구름 같기도 한 것에 앉아 있고, 노승의 머리에는 하늘의 달인지 머리의 두광인지 모를 둥근 빛이 있습니다. 나는 달 혹은 두광으로 빛나는 노승의 뒷모습을 보며 엉뚱한 생각을 합니다.

'아버지랑 참 닮았네.'

노승의 앞모습도 아닌 뒷모습을 보며, 가부좌를 틀고 앉은 노승을 보며 아버지와 참 닮았다는 생각을 합니다. 나는 내 엉뚱한 생각이 도대체 어디에서 튀어나왔는지 알지 못합니다. 무엇보다도 노승을 그린 그림은 낯설기만 합니다. 아버지는 불화를 즐겨 그린 적이 없습니다. 사람과 자연을 두루 그리는 아버지였지만 불화는 가뭄에 콩 나듯 가끔 그렸을 뿐입니다. 엉뚱한 생각은 엉뚱한 질문을 불러오는 법입니다.

'아버지가 이렇듯 불심이 깊은 사람이었나?'

내가 여태까지 보아 온 아버지로 말하자면 답은 그렇지 않다, 입니다. 아버지는 술을 좋아하고, 고기를 좋아하고, 풍류를 좋아합니다. 아버지는 논어와 맹자를 좋아하고, 두보를 좋아하고, 수호지를 좋아합니다. 이쯤 되면 답은 나온 것처럼 보이지요. 그런데 그게 또 그렇지가 않습니다. 아버지가 좋아하는 것들을 나열하는 것만으로 아버지에게 불심이 없다고 말하기는 어렵습니다. 무엇보다도 내 탄생을 둘러싼 일화를 도무지 모른 척할 수가 없기 때문입니다. 아버지는 나라의 녹을 먹던 현감 시절 나를 얻기 위해 상암사에서 어머니와 함께 무릎 꿇고 빌고 또 빌었던 것입니다! 그러고 보면 아버지의 마음속 어딘가에는 내내 깊은 불심이 자리하고 있었는지도 모릅니다. 하지만 이번에도 나는 자신 있게 그렇다고 답할 수가 없습니다. 아버지는 여태껏 단 한 번도 나에게 불경을 말하지 않았습니다. 부처를 말하지 않았습니다. 아버지는 나에게 공자의 삶을 들려주었고 서당에 보내 시와 경서를 공부하게 했습니다. 아버지는 절에도 가지 않았습니다. 그러므로 집에는 불상 비슷한 것도 없었습니다. 나를 얻었을 때의 마음이 어떠했건 간에 그 이후의 아버지는 선비의 삶을 원하면 원했지 불자의 삶을 원하지는 않았습니다. 그런 아버지가 나를 기다리며 노승의 그림을 그린 겁니다. 그런데 그 노승의 뒷모습은 이상하게도 아버지와 너무도 닮았습니다. 노승의 정면도 아닌 뒷모습을 그린 아버지는 그 사실을 알고나 있을까요? 아버지가 다른 이가 아닌 당신의 뒷모습을 그렸다는 사실을 알고나 있을까요?

나는 그림 속 노승을 보고 아버지를 봅니다. 보름 새 십 년 세월을 살아 버린 아버지를 보고 노승을 봅니다. 그러고 보니 이해할 수 없는 게 하나 더 있습니다. 아버지는 왜 나에게 보여 주기 위해 노승의 뒷모습을 그린 걸까요?

그림이 나쁘냐고요? 그렇지는 않습니다. 아버지의 다른 그림이 그렇듯 노승의 뒷모습은 그 자체로 완벽합니다. 자신의 자세에 만족하는 노승은 다시는 뒤도 돌아보지 않을 것만 같습니다. 한 번 자리 잡은 노승은 완벽한 면벽 참선의 경지에 들어, 영겁의 세월이 지나도 그 모습 그대로 꿈쩍하지 않을 것만 같습니다. 완벽함은 두려움을 느끼게 하는 법입니다. 내가 과연 이 그림을 따라 그릴 수 있을까요? 아버지와 똑같이 그릴 수 있을까요? 자신을 잃은 나는 아버지에게 이렇게 묻고 싶어집니다.

'노승은 도대체 무엇을 보고 있습니까?'

마음이 어둡고 무거워집니다. 아버지가 병에서 회복된 것은 기쁜 일입니다. 그러나 내 그림을 보고 아버지가 한 말을 나는 이해할 수 없습니다. 눈에 보이는 건 잘 따라 그렸다? 그건 바로 눈에 보이지 않는 것은 제대로 그리지 못했다는 뜻입니다. 그러면 눈에 보이지 않는 건 도대체 어떻게 따라 그려야 하나요? 아버지가 내게 보여 준 그림 또한 도무지 내 마음에 들지를 않습니다. 노승을 그린 것도 그렇고, 노승의 뒷모습을 그린 것도 그렇고, 그 노승의 앞모습도 아닌 뒷모습이 아버지를 꼭 닮은 것도 그렇습니다. 아버지는 뜻밖의 말로 모호함과 혼란의 불을 더 크게 키웁니다.

"여래(如來)가 왜 여래인지 아느냐?"

"무슨 말씀인지 모르겠습니다."

"온 곳도 없고, 가는 곳도 없기 때문이다. 난 여태껏 그걸 몰랐다."

여래라면 석가여래, 즉 부처를 말하는 것이겠지요. 갑작스레 튀어나온 여래도 낯선데 아버지의 말은 더욱 낯섭니다. 온 곳도 없고, 가는 곳도 없다? 혼란이 극에 달합니다. 온 곳도 없고 가는 곳도 없다면 여래는 도대체 어디에서 난 존재이며 또 어디로 사라지는 존재란 말입니까? 세상에 그런 말도 안 되는 이치가 어디 있습니까? 나는 목소리 높여 아버지에게 묻고 싶습니다.

'여래에겐 부모도 없던가요?'

하지만 차마 그렇게 물을 수는 없습니다. 아버지가 그렇게 말했으면 그럴 만한 까닭이 있겠지요. 일부러 어렵게 말한 것도 아닐 겁니다. 다만 지금의 나는 아직 그 까닭을 모르는 것뿐이겠지요. 그래서 그냥 네, 라고 답합니다.

아까부터 오른손으로 어깨를 주무르던 아버지가 얼굴을 찡그립니다.

"괜찮으세요?"

"그래, 괜찮다. 나이 들면 내 몸도 내 몸 같지 않기 마련이지."

전처럼 허허 웃는 아버지의 모습에 조금은 안심이 됩니다.

잠시 방 안에 정적이 맴돕니다. 나는 속으로 고민을 합니다.

'말할까, 말까?'

말하자는 마음과 그러지 말자는 마음이 맞섭니다. 어느 편 마음에도 손을 들어 주기 어렵습니다. 내가 그러는 동안 아버지가 뒷목을 두드리며 묻습니다.

"날이 좋으냐?"

"좋습니다."

"내일은 어떨 것 같으냐?"

나는 대답하려다 말고 문을 열고 밖으로 나가 하늘을 확인합니다. 다시 들어와 이렇게 말합니다.

"먼 하늘에도 구름 한 점 없는 걸로 보아 내일도 좋을 듯합니다."

아버지는 하, 하는 짧은 한숨을 내뱉으며 말합니다.

"그렇다면 내일은 뱃놀이를 하도록 하자."

"네."

아버지의 제안에 나는 괜히 안도의 한숨을 내쉽니다. 하지만 마음 깊은 곳까지 편안해진 건 아닙니다. 나는 아직 아버지에게 말해야 할지, 말아야 할지 결정을 하지 못했습니다.

2

내내 시끌벅적했던 정자가 까치 떼 떠난 나뭇가지처럼 삭막하고 고요합니다. 함께 놀았던 고함 노인과 고송 노인이 여름 강에서 뱃놀이를 즐기는 까닭입니다. 정자에는 나와 아버지만 남았습니다. 아버지는 술잔을 비우며 강을 바라봅니다. 아버지의 표정은 그리 어둡지 않습니다. 가늘게 눈을 뜬 아버지는 이따금 입가에 부드러운 웃음을 머금기도 합니다. 나는 다릅니다. 여유로운 표정으로 강을 바라보는 아버지를 보며 나는 속으로 깊은 한숨을 내쉽니다. 부드러운 웃음을 머금은 아버지를 보며 나는 속으로 아예 눈물을 흘립니다.

아버지는 모처럼 흥겨운 시간을 보냈습니다. 고함 노인의 목소리는 여전히 컸고 고송 노인의 모습은 여전히 도인 같았지요. 세 노인은 어린아이들처럼 웃고 떠들었습니다. 내가 함께 있다는 사실도 잊은 듯 격식 따위는 생각하지도 않은 채 경쟁하듯 시끄럽게 웃고 떠들었습니다. 나는 그들이 노는 모습을 가만히 옆에서 지켜보았습니다. 세 노인이 어린아이들처럼 노는 모습이 하나도 싫지 않았습니다. 싫기는커녕 기뻤습니다. 아버지가 그린 노승의 그림에서 보았던 깊고 어두운 그늘이 그들이 어린아이처럼 시끄럽게 웃고 떠들며 노는 동안엔 완전히 사라진 것 같았으니까요. 비로소 아버지가 온전히 내 아버지로 돌아온 것 같아서 마음이 놓였지요.

흥이 오를 대로 오르자 세 노인은 자리에서 일어섰습니다. 배에 올라탄 순간 뜻밖의 일이 일어났습니다. 아버지는 배를 견디지 못했습니다. 호기롭게 배에 올라탄 아버지는 손으로 머리를 짚더니 그대로 주저앉고 말았습니다. 손을 뻗어 아버지를 부축하려 했습니다. 아버지는 괜찮다고 말하며 고개를 저었습니다. 아버지는 혼자서 몸을 일으키려 애를 썼습니다. 나는 말없이 아버지를 지켜보았습니다. 아버지는 결국 스스로 일어날 수 없었습니다. 아버지의 얼굴에서 웃음이 사라졌습니다. 웃음 사라진 아버지의 얼굴이 어제보다 더 늙어 보였습니다. 나는 잠시 다른 곳을 보는 척했습니다. 사태는 명확했습니다. 아버지의 몸은 아직 온전치 않았던 겁니다.

정자에서 어린아이처럼 흥분해 떠들며 흥겨운 시간을 보낼 때만 해도 다 회복된 듯했으나 실은 그렇지 않았습니다. 아버지의 마음은 어린아이처럼 자유롭고 활기차게 놀기를 원했으나 아버지의 몸은 어제보다 더 늙어 버린, 어린아이 같은 정신의 활기와 자유를 도저히 감당할 수 없는 병약한 노인의 몸이었습니다.

"어차피 뱃놀이 같은 샌님 놀이엔 별 취미도 없다네."

고함 노인은 부러 큰 소리로 말하며 배를 보내려 했습니다. 아버지는 고개를 저었습니다.

"아닐세, 그러지 말게."

아버지의 마음은 명확했습니다. 아버지는 자신 때문에 뱃놀이가 취소되는 것을 원하지 않았습니다. 고송 노인이 고함 노인의 옆구리를 슬쩍 쳤습니다. 예정에도 없던 소리를 지르느라 얼굴이 붉어진 고함 노인은 옆구리를 서너 차례 더 맞고서야 사태를 눈치챘습니다. 그래서 고함 노인과 고송 노인만이 뱃놀이를 즐기러 갔고, 아버지와 나는 정자에서 시간을 보내게 된 것이지요.

배를 타지는 못했으나 아버지는 내 생각만큼 크게 상심하지는 않았습니다. 나를 보기 위해 몸을 돌린 아버지의 얼굴이 여름 햇살처럼 밝습니다. 아버지는 나를 보더니 뜻밖에도 옛일을 말합니다. 아버지의 머릿속에 새겨진 옛일 중 지극히 아름다웠던 일들을 아직 남은 흥의 힘을 빌려 내게 말합니다.

"이 검서의 잔칫집에는 모든 것이 가득했다."

아버지는 이야기를 참 잘하는 사람입니다. 아버지의 이야기를 들으면 나는 곧 이야기의 현장으로 이끌려 들어갑니다. 이야기하는 아버지가 손을 내밀기라도 한 것처럼 나는 곧장 이야기 속으로 들어가 버립니다. 규장각 검서 이덕무의 잔칫집은 흥겹습니다. 잔칫집답게 술과 음악과 노래와 시가 가득합니다. 어떤 이는 술을 마시고 어떤 이는 악기를 연주하고 어떤 이는 노래를 부르고 어떤 이는 시를 짓습니다. 아버지는 그림을 그립니다. 파초와 국화와 대나무는 다 그렸고 지금은 매화와 수성 노인을 그립니다. 아버지의 그림은 안 그래도 넘치는 흥을 아예 넘쳐흐르게 합니다. 아버지의 그림을 본 사람들은 "좋다!" 소리를 연달아 내뱉으며 더 빨리 술을 마시고, 더 크게 악기를 연주하고, 더 흥분해 노래를 부르고, 더 많이 시를 짓습니다. 아버지는 그 속에서 맨발을 드러내고 그림을 그립니다. 넘치는 그림과 시와 노래와 연주에 취한 이 검서는 좋다, 좋다, 를 연발하다 결국은 잠이 들고 맙니다. 아버지는 술에 취해 잠이 든 이 검서도 그립니다. 나는 아버지가 그린 이 검서의 그림을 보며 빙긋 웃습니다. 술 취한 이 검서의 얼굴은 꼭 나귀 같습니다.

"충청도 병사 이광섭은 사람들을 취하게 하려고 술을 쉬지 않고 돌렸다."

나는 거대한 술잔의 크기에 깜짝 놀랍니다. 술잔이라기보다는 국수 그릇에 가깝습니다. 사람들은 그 잔을 거절하지 않습니다. 이를 악물고 잔을 받아서는 약속이나 한 것처럼 모두들 단번에 비웁니다. 흥이 오른 사람들은 붓을 들어 시를 씁니다. 취기가 연기처럼 뭉게뭉게 피어오릅니다. 이제 사람들은 시 대결을 시작합니다. 아버지는 시는 지을 줄 모른다며 사양합니다. 거짓말입니다. 하지만 나는 아무 말도 하지 않습니다. 아버지가 맨발을 드러내고 그림을 그리는 동안에도 술은 계속 채워집니다. 날이 저물고 달이 훤해도 술은 쉬지 않고 계속 채워집니다. 마침내 준비해 놓은 술이 다 떨어집니다. 병사는 하인들을 닦달하지만 소용없습니다. 온 고을을 다 뒤져도 구할 수 없었다는 말만이 나올 뿐입니다. 결국 병사가 자리에서 일어나더니 고개를 꾸벅 숙여 보이며 자신의 패배를 선언합니다. 사람들은 전쟁에서 승리하기라도 한 양 소리를 지릅니다. 그러고는 아버지가 그린 그림 하나씩을 손에 들고 달빛 비추는 길을 갈지자로 걸어갑니다.

"박윤묵과 놀던 필운대에는 달과 시와 음식이 있었다."

계절은 가을입니다. 아버지는 시인 박윤묵 등과 함께 필운대에서 단풍 구경을 합니다. 한창 단풍 구경에 빠져 있는데 궁궐에서 전갈이 왔습니다.

"주상께서 부르십니다."

나는 깜짝 놀랍니다. 다른 이도 아닌 정조 임금님이 아버지를 부른 겁니다. 아버지는 아무렇지도 않은 얼굴로 발걸음을 옮겨 자리를 떠납니다. 왠지 무서워진 나는 아버지가 오기만을 기다리며 발을 동동 구릅니다. 박윤묵이 괜찮다고 말하며 쉬지 않고 내 어깨를 토닥여 줍니다. 그 마음은 알겠으나 내 어깨는 몹시 아픕니다. 이제 그만해도 된다고 말해도 박윤묵은 듣지를 않습니다. 어깨의 감각이 사라졌을 무렵 아버지가 돌아옵니다. 사람들이 몰려들어 묻습니다.

"궁궐에서 도대체 뭘 하셨소?"

"뭘 하고 있었냐고 물으시기에 단풍 구경을 하며 시를 짓던 중이라

아뢰었소.”

“그랬더니?”

“그렇다면 다시 가서 즐겁게 놀라고 하시더군.”

“그게 전부요?”

“그게 전부요.”

이제는 자발적인 놀이가 아니라 정조 임금님의 명령을 받고 노는 셈이 되었습니다. 그래서 밤이 깊어도 필운대를 떠나지도 못하고 하도 봐서 지겨워진 단풍을 보고 또 보고 있는데 궁궐에서 보낸 사람이 도착했습니다. 궁궐에서 온 사람은 음식을 꺼내 늘어놓으며 정조 임금님이 음식을 보내셨다고 힘주어 말합니다.

“너는 어려서부터 붓 잡는 걸 좋아했다.”

아름다운 추억들을 회상하던 아버지가 돌연 내 어린 시절을 말합니다. 지금껏 아버지의 이야기 속에서 놀던 나는 순식간에 아버지 곁으로 나와 귀 쫑긋하고 이야기를 듣습니다.

“한 번은 내 두루마기를 온통 검게 칠해 놓기도 했다.”

내가 그랬던가요? 물론 나는 그 일을 기억하지 못합니다. 하지만 생각만으로도 내 얼굴은 빨개집니다. 검게 변해 버린 두루마기를 본 아버지는 그때 어떤 표정을 지었을까요?

“다섯 살 때인가는 내 그림을 똑같이 그리기도 했다.”

“기분이 어떠셨나요?”

“몹시 기뻤지. 아마 내 인생에서 가장 기쁜 날이었을 거다.”

아버지의 말에 다시 한 번 내 얼굴이 붉어집니다. 좋으면서도 쑥스러운 기분입니다. 내가 기억하는 한 아버지는 내 그림을 칭찬한 적이 없습니다. 다섯 살 때는 달랐던 모양입니다. 당장 의문 하나가 튀어나옵니다. 다섯 살 때 내 그림을 보고 기뻐한 아버지는 왜 이제는 내 그림에서 기쁨을 느끼지 못하는 걸까요? 아니, 그것보다 더 나쁩니다. 문제가 무엇인지 정확하게 말해 주어야 고칠 텐데 왜 아버지는 선문답 같은 말만 하고 이유를 제대로 밝히지는 않는 걸까요?

"아버지, 제 그림에서 부족한 점이 도대체 무엇입니까?"

"네 그림이 부족한 것 같으냐?"

"네."

"무엇이 부족하냐?"

"그건 잘 모르겠습니다. 알려 주십시오."

"네가 모르는 걸 내가 어떻게 알려 줄 수가 있겠느냐?"

"네?"

아버지는 나를 바라보더니 엉뚱한 말을 합니다.

"옛 기억들은 왜 하나같이 아름다운지 모르겠다."

아버지 말대로 아버지가 떠올린 옛 기억들은 하나같이 아름다웠습니다. 아버지가 참여한 잔치들은 떠들썩하고 풍류가 넘쳤습니다. 아버지는 그 잔치들을 즐기며 그림을 그리고 또 그렸습니다. 하지만 지금 아버지는 어떤가요? 외로이 홀로 정자에 있습니다.

마음이 무거워집니다. 아버지의 추억을 함께 흥겨워하고 즐거워하던 내 마음이 전보다 곱절로 무거워집니다. 아버지의 추억은 아름답습니다. 봄꽃처럼, 여름 바람처럼, 가을 단풍처럼, 겨울눈처럼 아름답습니다. 아버지의 추억이 봄과 여름과 가을과 겨울 풍경처럼 아름다울수록 지금 정자에 홀로 앉아 있는 아버지의 모습이 초라해 보입니다. 이 검서의 잔칫집이 흥에 넘치고, 이 병사의 병마절도영이 술에 넘치고, 필운대가 궁궐 음식으로 넘칠수록 지금 아버지의 모습은 볼품없고 외로워 보입니다. 게다가 아버지는 내 질문에 답을 하지 않았습니다. 그림에 대해 아무것도 모르는 사람처럼 모질게 내 질문을 외면했습니다. 갑자기 화가 납니다. 기분이 상한 나는 아버지에게 묻습니다.

"현감을 그만두신 이유는 무엇인가요?"

언젠가 술에 취한 고함 노인이 무슨 이야기인가의 뒤에 입에 거품을 물고 그 일에 대해 말하는 걸 들은 적이 있습니다. 매사냥으로 시작하고 파직이라는 단어가 들어가는 문장이 고함 노인의 입 밖으로 분명하게 나왔습니다. 그러나 아버지는 그 일을 말하고 싶어 하지 않았습니다. 그래서 아버지는 나를 슬쩍 보았지요. 나를 슬쩍 보았으나 사실은 고함 노인을 슬쩍 본 것이나 다름없었습니다. 아버지는 나를 슬쩍 봄으로써 고함 노인에게 내가 듣고 있음을 알려 준 것입니다. 아버지는 고함 노인을 타박하는 대신 말 없는 행동으로 속내를 밝힌 것입니다. 효과는 확실했습니다. 고함 노인이 뒤늦게나마 눈치를 채고 주제를 바꾸었으니 말입니다. 그래도 혹시나 하고 귀를 기울였지만 그 뒤로 그 이야기는 다시 등장하지 않았습니다. 그러나 고함 노인이 하려다 만 말은 내 가슴속에 그대로 남았습니다. 그 하려다 만 말로도 나는 여러 추측을 할 수 있었습니다. 결론은 어떤 추측이나 비슷했습니다.

'아버지는 현감을 그만둔 게 아니라 쫓겨난 거야.'

아버지에게 더 묻고 싶었습니다. 그러나 내 어리석은 머리로도 그러한 질문은 함부로 해서는 안 된다는 사실을 알고 있었습니다. 아직도 마음 한구석으로 현감 시절을 그리워하는 아버지에게 그 현감 생활이 어떻게 끝났느냐고는 결코 물을 수 없었습니다. 그것도 좋지 않게 끝난 게 분명한 그 끝의 이야기를 아버지에게 꼬치꼬치 캐물을 수는 없었습니다. 그랬던 내가 지금 그 질문을 아버지에게 한 것입니다. 왜 그랬을까요?

물론 나는 질문을 채 끝내기도 전에 후회했습니다. 잠시의 화에 몸을 맡겨, 아버지를 힘들게 할 것이 분명한 질문을 해 버린 나 스스로를 미워하면서 말이지요.

"벼슬아치들에겐 항상 영욕이 따르는 법이다."

아버지의 답입니다. 나는 아버지의 그 말을, 그 짧은 문장을 온전히 이해할 수 없습니다. 이해하기엔 아버지의 답이 너무 짧습니다. 그러나 더 물을 수도 없습니다. 그런 질문은 살면서 딱 한 번만 할 수 있는 질문이니까요. 나는 이미 그 질문을 했고, 아버지는 아버지 방식으로 답했습니다.

아버지는 아무 말 없이 술잔을 비우며 두 노인이 놀고 있는 강을 바라봅니다. 꽤 멀리까지 나아간 배는 그 모습이 희미합니다. 나는 아버지를 보며 속으로 깊은 한숨을 내쉽니다. 잠시의 화를 참지 못하고 함부로 던진 질문에 대해 후회하고 또 후회합니다. 내 들리지 않는 깊은 한숨과 후회를 들은 아버지가 말합니다.

"붓과 종이를 다오. 그림을 그리고 싶다."

3

강입니다.

넓은 강입니다.

강이 얼마나 넓은지는 확실하게 말하기 어렵습니다. 강에, 경계가 없기 때문입니다. 경계가 없으니 어디서부터가 강이고 어디까지가 강인지 도무지 확실하게 말할 수가 없습니다. 사실 내가 보고 있는 게 강인지 아닌지조차도 불분명합니다. 그저 빈 공간에 배 한 척이 떠 있으니 강이라고 생각할 뿐이지요. 아래쪽 기슭에 작은 배가 보입니다. 기슭에 기대다시피 한 배에는 노인과 소년이 앉았습니다. 그림에 사람이라곤 둘뿐인데 둘은 서로를 보고 있지 않습니다. 노인의 시선은 멀리 보이는 절벽에 가 있습니다. 그리 가파르지도 않은 절벽에는 무엇이 있나요? 나무 비슷한 것들이 있습니다. 언뜻 보기에 나무처럼 보이지만, 절벽에 다른 것이 있을 리도 없으니 나무일 수밖에 없겠지만 내 눈에는 그것들이 도무지 나무처럼 보이지 않으니 그렇게 말하는 것입니다. 무엇보다도 나무에 있어야 할 생기가 전혀 없습니다. 꽃도 있고 가지도 있어 나무의 외양은 갖추었으나 외양보다 더 중요한 생기, 절벽에서 자라는 나무가 갖추어야 할 가장 중요한 덕목인 고집스럽고 끈질긴 생기가 전혀 보이지를 않습니다. 바싹 마른 껍질을 보면 꼭 죽은 나무 같습니다.

소년 또한 절벽을 바라보고 있기는 합니다. 그러나 노인이 바라보는 쪽이 아닌, 반대편의 돌무더기 절벽 쪽을 바라보고 있습니다. 사실 소년이 바라보는 곳을 절벽이라 부르기도 마뜩잖습니다. 실제라면 절벽의 나머지 부분이 있어야 할 곳이지만 그림에는 그저 선 몇 개일 뿐이고 나머지는 여백이니 말입니다. 그 절벽, 혹은 그저 절벽 흉내만 낸 여백에 아버지의 글씨가 있습니다.

늙은이 되어 보는 꽃
안개 속에서 보는 듯하네.

'그러니까 내가 본 건 결국 꽃이 활짝 핀 나무였구나.'

노인의 눈에 보이는 사물은 꼭 안개 속에서 보는 사물 같기에 내 눈에는 아름답게 보였을 게 분명한 꽃나무가 마른 나무처럼 쓸쓸하게 그려진 것입니다. 마음이 울컥해집니다. 나는 아예 그림 속 노인을 아버지로, 그림 속 소년을 나로 믿어 버립니다. 아버지가 그리 말한 것도 아닌데 나는 내 마음대로 그렇게 믿어 버립니다. 내 생각에 아버지가 말하려는 바는 이렇습니다.

'아버지와 너는, 같은 사물을 보아도 같은 사물을 보는 게 아니란다.'

아버지는 노인의 눈으로 보고 나는 소년의 눈으로 봅니다. 그림 속 노인과 소년, 그러니까 아버지와 내가 서로 다른 곳을 바라본다는 사실이 마음에 걸립니다. 아, 소년은 결코 노인과 같은 곳을 볼 수는 없는 걸까요?

아버지의 시선이 다시 강으로 향합니다. 정자 쪽으로 다가오는 배가 보입니다. 배에 탄 두 노인이 손을 흔드는 것도 보입니다. 두 노인이 웃고 있는 것도 보입니다. 아버지가 배를 보았는지 모르겠습니다. 두 노인이 웃으며 손을 흔드는 걸 아버지가 보았는지 모르겠습니다. 왜 그렇게 생각하느냐고요? 아버지의 시선은 강 이편도 저편도 아닌, 그저 강 어딘가를 향해 있고 아버지의 입에서는 시 같기도 하고 문장 같기도 하고 노래 같기도 한 무언가가 침처럼 새어 나오고 있거든요.

봄 강에 배를 띄워 가는 대로 놓았으니
물 아래 하늘이요 하늘 위가 물이로다.
늙은 눈에 보이는 꽃은 안개 속인가 하노라.

4

뱃놀이는 끝났지만 노인들의 놀이는 아직 끝나지 않았습니다. 노인들의 놀이는 서묵재로 이어집니다. 노인들이 놀고 즐기는 모습은 언뜻 보기에는 지난겨울과 다르지 않습니다. 고함 노인의 활기찬 모습도, 고송 노인의 도인 같은 모습도 여전합니다. 흥에 취해 술에 취해 버선을 벗고 발바닥을 한 번 문지르는 아버지의 모습도 그때와 별반 다르지 않습니다. 그러나 그건 머리를 비우고 보았을 때의 이야기입니다. 눈을 크게 뜨고 머리카락에 힘을 주고 귀를 바짝 세우면 방 안 풍경이 달리 보입니다. 노인들이 보이는 활기와 웃음에는 어딘가 무거운 구석이 있습니다. 노인들의 흥에는 어딘가 무기력한 구석이 있습니다. 열세 살인 나조차도 신경을 기울이면 곧 느낄 수 있는 어딘가 무겁고 무기력한 분위기가 있습니다. 노인들은 둔한 듯 보여도 실은 예민한 사람들입니다. 내가 눈치챘다는 사실을 노인들이 모를 리 없습니다. 하여 노인들은 일부러 더 크게 웃고 떠듭니다, 예닐곱 살 어린아이들처럼. 노인들의 술책은 실패했습니다. 예닐곱 살 아이들로 위장하려는 그 깊은 속은 의도와는 달리 내 마음을 더 무겁게 만들었으니까요. 결국 고함 노인이 더 견디지 못하고 새로운 화제를 꺼내 놓습니다.

"화원이 되고 싶다면서? 그림 공부는 좀 어떠하나?"

대답하기 전에 아버지의 얼굴을 흘깃 봅니다. 아버지 또한 내 대답이 궁금하기는 한 모양입니다. 고개를 왼쪽으로 살짝 돌리곤 나를 봅니다. 나는 정자에서의 아버지 말을 떠올리곤 얼굴부터 붉힙니다.

"그저 열심히 그리고만 있습니다."

"그럼 어디 오래간만에 네 그림 좀 볼까?"

고함 노인이 내 앞에 종이를 펼칩니다. 떨리는 마음을 다잡습니다. 어쩌면 좋은 기회일지도 모르겠습니다. 아버지를 봅니다. 무심한 표정으로 발가락만 까딱까딱할 뿐입니다. 나는 심호흡을 하곤 붓을 듭니다. 잠시 생각하다가 오늘 보았던 아버지의 그림을 따라 그리기로 합니다. 내가 그림을 그리는 동안 고함 노인은 잠시도 쉬지 않습니다.

"그렇지. 『개자원화보』*를 열심히 보았구나. 나무도 그럴듯하고 바위도 그럴듯하구나. 색도 미묘하니 어디까지가 강이고 어디부터 하늘인지 모르겠구나. 붓질도 꼼꼼하니 제법이로다."

고함 노인의 말은 도리어 방해가 되었습니다. 정신을 집중하려 애를 쓴 덕분에 간신히 그림을 마쳤습니다. 붓을 놓자마자 아버지부터 봅니다. 아버지는 웃기만 할 뿐 아무 말도 하지 않습니다. 고송 노인 또한 마찬가지입니다. 심지어는 내가 그림 그리는 내내 떠들었던 고함 노인조차 침묵을 지킵니다. 침묵을 깬 이는 고송 노인입니다.

"힘들더라도 쉬지 말고 계속 그려야 한다."

"네."

"딱히 나무랄 데는 없다만……"

"그만하면 됐네."

한마디 보태려는 고송 노인을 아버지가 제지합니다. 아, 집요한 아버지. 고송 노인의 드문 조언을 아버지가 막아 버립니다. 고송 노인에게로 향했던 몸이 실망한 나머지 방향을 잃고 허물어집니다.

마음이 편치 않습니다. 온 실력을 다 발휘해 그림을 그렸습니다. 내 눈에는 나쁘지 않게 보이는데 반응은 영 시원치 않습니다. 아무래도 술에 취한 노인들이 내 그림을 제대로 보지 않은 것만 같습니다. 초조한 마음에 입을 열어 그림에 대해 설명해 볼까 고민합니다. 부질

---

* 芥子園畵譜. 산수·영모·인물 등 여러 분야의 그림들을 체계적으로 편집해 놓은 중국의 화집.

없는 고민입니다. 노인들은 어느새 자신들의 옛이야기로 넘어갔습니다. 나는 어쩔 수 없이 하려던 말을 가슴에 묻고 노인들의 시끄러운 옛이야기만 듣습니다.

밤이 깊어 시끄러움도 잦아들 무렵, 부족한 홍을 일부러 끄집어내느라 평소보다 배로 지친 노인들의 고개가 절로 바닥으로 떨어질 무렵, 아버지는 나를 보며 말합니다.

"오늘 밤은 너 혼자 집으로 가야겠다."

아버지의 목소리가 높았던 것도 아닙니다. 아버지의 표정이 어두웠던 것도 아닙니다. 그럼에도 나는 속으로 앗 소리를 지르며 화들짝 놀랍니다. 놀라기는 노인들도 마찬가지입니다. 한없이 떨어지기만 하던 노인들의 고개가 다시 빳빳해졌고, 고함 노인의 입에서는 죄짓고 곤장 맞은 이처럼 으흠, 하는 짧은 비명이 새어 나오기까지 했으니 말입니다. 그러나 노인들은 마치 아버지의 말을 하나도 못 들은 사람들처럼 곧바로 다시 고개를 떨어뜨립니다. 인생살이의 달인들치고는 심히 어색한 행동이지요. 그럼에도 그 행동이 의미하는 바는 명확합니다. 그들은 아버지와 나의 문답에 끼어들고 싶어 하지 않는 것입니다.

처음엔 놀랐지만 이내 수긍이 되었습니다. 아버지의 말은 어쩌면 내가 이미 예감하고 있었던 말이었습니다. 무슨 뜻이냐고요? 물론 내가 아버지가 한 그 말, 오늘 밤은 너 혼자 집으로 가라는 그 말을 정확히 예감했다는 뜻은 아닙니다. 다만 나조차 분명히 느낄 수 있는 무겁고 무기력한 분위기로 볼 때 아버지가 그 분위기에 어울리는 무언가를 말하리라는 것을 예감했고, 아버지가 무언가를 말한다면 방금 아버지가 말한 것과 같은 종류의 말이리라는 것 정도만 예감했다는 뜻입니다. 나는 아버지가 한 말의 의미를 곱씹어 봅니다. 아버지는 나에게 오늘 밤은 혼자 집으로 가야 한다고 말했습니다. 그 말은 무슨 뜻일까요? 아버지는 서묵재에 하루 이틀 더 머무를 테니 오늘은 너 혼자 가라는 뜻인가요?

그렇지는 않을 것입니다. 아버지가 단지 하루 이틀 더 서묵재에 머물려고 나에게 먼저 가라 말한 게 아니라는 것을 나는 분명히 알고 있습니다. 하지만 나는 내가 알고 있다고 믿고 싶지 않습니다. 나는 지금 아버지의 말에 숨겨진 진의 따위는 하나도 모르는 열세 살 소년, 아니 다섯 살 아이이고 싶습니다. 그래서 나는 천연덕스럽게 다시 묻습니다.

"오늘 밤은 저 혼자 돌아가라는 말씀이시지요?"

내 입에서 나온 질문이지만 내가 만들어 낸 질문은 아닙니다. 나는 그저 아버지가 한 말을 질문으로 바꾸었을 뿐이니까요. 그러니까 아버지가 이 질문에 답하지 않을 이유는 없습니다. 그럼에도 아버지는 답하지 않습니다. 자신이 한 말과 하나 다르지 않음에도 아버지는 답을 하지 않습니다. 하나 어렵지 않은 질문에도 아버지가 답을 하지 않기에 내 마음은 더 무거워집니다. 아버지가 답을 하지 않을수록 아버지의 말뜻이 점점 더 명확해지기에 내 마음은 점점 더 무거워집니다. 아, 이제 나는 내 마음의 무게로 강바닥에 가라앉을 지경입니다. 무거운 돌이 된 나는 혼자서는 강바닥을 벗어날 수도 없습니다. 가라앉지 않으려 온몸에 잔뜩 힘을 준 순간 아버지가 내게 손을 내밉니다.

밖으로 나가서야 내 손을 놓은 아버지는 하늘에 뜬 달을 봅니다. 보름달입니다. 날이 흐려 빛은 흐리지만 그래도 보름달은 보름달입니다. 아버지가 보름달을 보기에 나도 따라 보름달을 봅니다. 눈부시도록 밝은 달은 아니지만 그래도 다른 날의 달에 비하면 확실히 밝기는 밝은, 보름달은 보름달인 달을 봅니다.

"너를 안고 보름달을 보며 소원을 빈 적이 있단다."

물론 나에겐 기억이 없습니다. 아버지는 나를 안고 보름달을 보았다고 했습니다. 그렇다면 내가 아직 어렸을 때일 것입니다. 걷지도 못하고 말도 못하던 시절이었을 것입니다. 모르긴 몰라도 걷지도 못하고 말도 못하는 나를 안고 보았다면 그때 아버지는 현감이었을 것입니다. 상암사에서 빌고 또 빌어 나를 얻은, 마음이 몹시 흐뭇하고 풍족했던 현감이었을 것입니다. 아버지는 안채 앞마당에서 나를 안고 보름달을 보았을 것입니다. 어렵게 얻은 아들인 나를 품 안에 안고 보름달을 보며 소원을 빌었을 것입니다. 아버지는 그때 무슨 소원을 빌었을까요? 그 소원은 지금 이루어졌을까요?

아버지가 빌었을 소원이 몹시 궁금합니다. 하지만 지금은 그 질문을 하기에 적당한 때가 아닙니다. 아버지는 달을 보며 내게 하고 싶은 말이 있어 내 손을 잡고 밖으로 나왔습니다. 그러니 지금은 참아야 합니다. 하고 싶은 말이 있고 묻고 싶은 질문이 있더라도 우선은 참고 들어야 합니다. 어쩌면, 잘 듣는다면 아예 질문할 필요도 없을 것입니다. 아버지의 말 속에 내 질문에 대한 답이 있을 수도 있으니 말입니다. 그러니 이런 경우엔 침묵이 가장 좋은 응대인 법입니다.

내가 생각을 다 정리한 후에도 아버지의 입은 열리지 않습니다. 아버지는 보름달을 보고 있습니다. 보름달을 처음 보는 사람처럼 유별날 것도 없는 여름의 보름달을 참으로 끈기 있게 보고 있습니다. 그러는 사이 달빛이 점점 흐려집니다. 아버지의 시선이 부담스러워 찡그리기라도 하는 듯 달빛이 점점 흐려집니다. 그러다가 마침내 구름이 달을 덮습니다. 꽤 두터운 구름입니다. 아버지는 달이 사라진 뒤에도 그 사실을 모르는 사람처럼 계속해서 하늘을 바라보고 있습니다. 구름에서 빠져나올 생각을 하지도 않는, 구름 속에 아예 갇혀 버린 달을 한참을 더 바라보다가 마침내 나를 보며 이렇게 말합니다.

"매사냥을 즐겼기 때문이다. 매사냥을 즐기느라 많은 돈을 쓰고 많은 사람을 동원했기 때문에 나는 현감 자리에서 쫓겨났다."

달을 보다 튀어나온 갑작스러운 아버지의 말에 나는 대꾸할 말을 찾지 못합니다. 아버지에게 현감을 그만둔 이유를 물은 것은 강이 보이는 정자에서의 일입니다. 그런데 아버지는 밤이 되어서야, 그것도 보름달과 소원 이야기의 끝에 대답했습니다. 대답은 대답이나 그 대답은 충분하지도 않습니다. 매사냥과 현감 자리에서 쫓겨났다는 게 정확히 어떻게 연결되는 건지 짐작도 할 수 없습니다. 달 보며 소원 비는 것과는 또 어떻게 연결되는지 전혀 짐작할 수 없습니다. 그래서 나는 아무 말도 하지 못합니다. 아버지의 마음을 따라가지 못하는 나는 아버지의 갑작스러운 대답을 듣고도 아무 말도 하지 못합니다. 그래서 기다립니다. 내가 알아들을 만한 설명을 아버지가 더 하지 않을까 싶어 기다립니다. 아버지가 말을 더 하기는 합니다. 그러나 그것은 내가 듣고 싶었던 말이 아니라 아버지가 하고 싶었던 말입니다.

"오늘 내가 쓴 글의 주인을 아느냐?"

아버지는 내 대답을 기다리지도 않고 스스로 답합니다. 기다렸더라도 달라진 것은 없었을 것입니다. 나로서는 처음 보는 시였으니까요.

"두보의 시다."

'그렇구나.'

고개를 끄덕입니다. 그 시는 응당 두보의 시였어야만 할 것 같습니다. 비록 두보에 대해 잘은 모르나 두보의 삶이 기쁨보다는 슬픔 쪽에 더 가까운 삶이었다는 것은 귓등으로 들은 적이 있기에 그 시가 두보의 것이라는 아버지의 말에 마음 깊이 공감합니다. 아버지는 또 이렇게 말합니다.

"내 방에 두보의 시집이 있다."

"네."

조용히 네, 라고 답하고는 아버지의 다음 말을 기다립니다. 없습니다. 조심스럽게 아버지에게 묻습니다.

"저는 이제 어떻게 해야 하나요?"

"당분간 그림을 그리지 말거라."

아버지의 말은 끝입니다. 입을 닫은 아버지는 내 어깨에 손을 올립니다. 아버지의 손이 먼지처럼 가볍게 느껴집니다. 아버지가 손가락을 움직입니다. 내 어깨의 생김새를 기억하려는 듯 아버지가 손가락을 천천히, 정성 들여 움직입니다. 아버지가 손가락을 움직이는 동안 내 뼈가 뜨거워집니다. 아버지의 손이 뜨거운 것도 아닌데 내 뼈가 뜨거워집니다. 내 뼈가 슬픔으로 끓어오르기 전에 아버지는 슬쩍 손을 떼며 말합니다.

"밤이 깊었다. 이제 그만 집으로 돌아가거라."

5

어머니는 아버지가 전한 말을 듣고도 아무 말 하지 않았습니다. 어머니에겐 일상이 된 근심 가득한 얼굴로 한숨 한 번만 크게 내쉬었을 뿐이지요. 아마도 어머니는 내가 말하기 전에 이미 내가 말하려는 내용을 알고 있었던 것 같습니다. 그렇지 않고서야 안 그래도 근심 많은 어머니가 눈물도 아닌 한숨 한 번으로 끝냈을 리는 없으니까요. 나중에야 나는 아버지가 뱃놀이를 떠나기 전에 이미 어머니에게 나만 돌려 보낼 것을 미리 말했다는 사실을 알게 됩니다. 아버지가 그렇게 결정한 이유 또한 나중에야 알게 됩니다. 아버지의 병은 그 시점에서 이미 깊을 대로 깊어져 있었습니다. 간신히 몸을 추스르기는 했으나 그것은 일시적인 회복에 지나지 않았습니다. 아버지는 자신의 병에 대해 잘 알았습니다. 오랫동안 앓아 왔던 아버지는 평생을 자신과 함께했던 병에 대해 속속들이 알고 있었습니다. 젊은 시절에는 넘치는 기운을 방패 삼아 병을 견딜 수 있었습니다. 그러나 끈기로 무장한 병은 결코 물러나지 않았습니다. 온 힘을 다해 힘겹게 물리쳐도 그때뿐이었습니다. 병은 결코 완전히 고개 돌려 포기를 선언하고 물러가지 않았습니다. 아버지는 운 나쁘게도 강인한 의지를 지닌 병을 만났던 겁니다. 버티고 버티던 아버지의 육체는 어느 순간 병에 따라잡히기 시작했습니다. 쇠약한 육체에 머무는 병은 앞으로는 더 강해질 터였습니다. 병이 강해지면 쇠약한 육체는 더 쇠약해질 것이고, 쇠약해진 육체는 병을 견디지 못하고 더 큰 고통을 호소할 것입니다. 그 모든 과정을 예감한 아버지는 아들인 나에게만은 그 고통스러운 모습을 보이고 싶어 하지 않았습니다. 아버지가 세상을 떠난 후에야 알게 된 일입니다.

아버지는, 그래서 잠시 집으로 왔던 겁니다. 병이 다 낫지도 않았는데 병이 다 나았다고 거짓말하곤 나를 보기 위해 집으로 왔던 겁니다. 집으로 온 아버지는 오래전에 나와 한 약속을 떠올렸습니다. 여름이 되면 뱃놀이를 가자는 약속 말입니다. 아버지는 그 약속을 지켰습니다. 하지만 아버지는 배를 탈 수는 없었습니다. 물론 나는 뱃놀이를 하면서 아버지의 마음 따위는 전혀 몰랐습니다. 아버지가 병을 이유로 규장각 화원을 그만두기로 마음먹었다는 사실은 더더욱 몰랐습니다. 그랬기에 나는 내 질문에 제대로 답하지 않았다는 것을 빌미로 아버지에게 더 모진 질문을 던질 수 있었던 겁니다. 왜 현감을 그만두었느냐는 그 모진 질문을 아버지가 가장 쇠약한 시기에 겁도 없이 던질 수 있었던 겁니다. 아버지의 상태가 그렇게 나쁜지에 대해 어느 정도 알고 있기라도 했다면, 아버지가 집으로 돌아온 이유를 짐작이라도 했다면 그런 모진 질문을 마구 던지지는 않았을 것입니다. 하지만 나는 하나도 몰랐고 그래서 마구 질문을 던졌습니다. 아버지는 내 질문에 답을 해 주었습니다. 낮에 한 질문에 밤에 답했지만, 거칠고 소략하게 답했지만 아버지는 분명 잊지 않고 답을 해 주었습니다. 그러나 지금 나는 오고 가는 자세한 내막은 하나도 몰랐기에 어머니에게 그저 바보 같은 질문만 해 댑니다.

"아버지는 곧 돌아오시겠지요?"

어머니가 빙긋 웃습니다. 근심을 달고 다니던 어머니가 그 순간에는 빙긋 웃습니다. 아버지는 늘 웃지만 어머니는 좀처럼 웃지 않습니다. 그런 어머니가 내 질문을 듣고 웃었습니다. 흔하지 않은 어머니의 웃음이기에 믿을 만하다고 생각합니다. 어머니가 웃은 이유는 전혀 모른 채 어머니의 웃음 하나에 기분이 좋아진 나는 아버지의 방으로 들어갑니다. 책상을 뒤져 아버지가 말했던 두보의 시집을 찾습니다. 아버지는 방에 두보의 시집이 있다고만 했습니다. 그 뒤에 생략된 말의 의미 정도는 나도 읽을 수 있습니다.

'찾아서 읽어라.'

두보의 시집은 쉽게 찾았습니다. 그런데 나는 두보의 시집만 찾은 게 아닙니다. 두보의 시집은 물론이고 아버지가 숨겨 놓았던, 혹은 일부러 꺼내 놓지 않았던 그림 한 점도 같이 찾았습니다. 두보의 시집은 밀쳐 두고 그림부터 펼쳐서 봅니다. 아버지가 그린 자화상입니다. 파초 잎 위에 쪼그리고 앉은 아버지가 생황을 불고 있습니다. 아버지는 역시나 맨발입니다. 사방관을 쓰고 있으나 맨발입니다.

"아!"

내가 보고 있는 그림은 벽에 걸려 있는 그림과 비슷합니다. 벽에 걸려 있는 자화상 속에서도 아버지는 사방관을 쓰고 맨발을 드러냈습니다. 물론 다른 부분도 있습니다. 벽에 걸려 있는 그림 속에서 아버지는 별다른 표정 없이 당비파를 연주합니다. 내가 새로 찾은 그림 속에서 아버지는 약간은 술에 취해 흥이 남아 있는 표정으로 생황을 연주합니다. 여백에는 아버지가 쓴 글씨가 있습니다.

월당에서 울리는 처절한 소리
용의 울음보다 더하다.

나는 나중에야 아버지가 쓴 그 구절이 당나라 시인이 쓴 구절임을 알게 됩니다. 그러나 지금 나는 그 사실을 알지 못합니다. 아무것도 모르기에 그 글을 읽는 내 마음은 몹시 아픕니다. 그 구절의 내용도 잘 모르면서 월당과 처절함과 용의 울음을 떠올리며 아파합니다. 글을 읽고 보니 그림이 달리 보입니다. 그림을 처음 보았을 때 나는 그림 속 아버지가 흥을 즐긴다고만 생각했습니다. 글을 읽고 보니 생각이 달라졌습니다. 그림 속의 아버지는 흥을 즐기는 게 아니라 무언가를 견디는 중입니다. 아닌 척하면서도 실은 무언가를 견디고 있는 중입니다. 그게 도대체 무엇일까요?

방금 찾은 그림과 벽에 걸린 그림을 번갈아 봅니다. 두 그림은 비슷합니다. 다른 점도 있으나 내겐 어쩐지 비슷한 부분이 훨씬 더 중요하게 느껴집니다. 일찍이 나는 벽에 걸린 아버지의 자화상을 보며 이렇게 생각한 적이 있습니다.

'아버지가 현감을 그만둔 뒤에 그린 게 아닐까?'

내 생각이 그르지 않다면 내가 방금 찾은 자화상 또한 그린 시기는 비슷할 것입니다. 어느 그림이 먼저인가 하면 방금 찾은 그림이 먼저일 것입니다. 왜 그렇게 생각하는가 하면 방금 찾은 그림의 슬픔이 더 노골적이기 때문입니다. 당비파를 연주하는 아버지가 초연한 느낌이라면 생황을 연주하는 아버지는 아직 견디는 중입니다. 겉으로는 아닌 척하면서도 실은 견디는 중입니다. 마음이 아직 아프기 때문에 완전히 감추지도 못하고 생황을 연주하며 일부러 흥을 드러내려 애를 쓰며 견디는 중입니다. 아버지가 한 말을 생각해 봅니다.

'매사냥을 즐겼기 때문이다. 매사냥을 즐기느라 많은 돈을 쓰고 많은 사람을 동원했기 때문에 나는 현감 자리에서 쫓겨났다.'

당연히 내 머릿속에는 또 다른 그림이 떠오릅니다. 어머니가 옛이야기를 할 때마다 울먹이는 이유를 묻자 아버지가 증거처럼 보여 주었던 매사냥 그림 말이지요. 그 그림을 찾아 펼칩니다. 매사냥 그림을 펼치고 보는 내 머릿속이 복잡해집니다. 아버지는 나에게 매사냥을 즐기느라 많은 돈을 쓰고 많은 사람을 동원했기 때문에 현감 자리에서 쫓겨났다고 말했습니다. 그런데 내가 보고 있는 매사냥 장면은 하나도 화려하지가 않습니다. 화려하기는커녕 소박하기만 합니다. 모처럼 업무에서 벗어나 소소하게 즐기는 매사냥입니다. 아버지가 말한 대로 많은 돈을 쓰고 많은 사람을 동원하는 호사로운 매사냥은 결코 아닙니다. 무엇이 맞는 걸까요? 아버지는 소박한 매사냥을 즐겼을까요, 화려한 매사냥을 즐겼을까요? 아버지가 자신의 입으로 호사로운 매사냥을 이야기했으니 아버지의 말을 그대로 믿어야만 할까요, 아니면 아버지의 그림을 믿어야만 할까요?

나는 말보다, 그림을 믿기로 합니다. 아버지의 말은 다 믿습니다. 그러나 지금은 아버지의 말보다 그림을 믿기로 합니다. 매사냥 그림 때문이 아닙니다. 그보다는 지금 찾은 그림 때문입니다. 아버지의 말대로라면 아버지는 내가 방금 찾은 그림을 그리지 않았을 것입니다. 벽에 걸려 있는 그림 또한 그리지 않았을 것입니다. 아버지 말대로 화려한 매사냥을 즐기다 현감을 그만두었다면 적어도 후회는 없었을 테지요. 현실에 만족한 사람은 결코 쓸쓸한 그림 따위는 그리지 않습니다. 그러나 내가 방금 찾은 아버지의 그림은 다릅니다. 그 속엔 분명 후회, 좌절, 울분의 감정이 살아 있습니다.

나는 나중에 궁궐에서 일하는 친구를 통해 아버지가 현감에서 물러나게 된 배경을 담은 기록을 얻어 보게 됩니다. 그 기록은 그때 일을 이렇게 전합니다.

연풍현감 김홍도는 다년간 벼슬살이를 했으면서도 하나도 잘한 일이 없습니다. 관청의 우두머리 된 몸이면서도 중매나 행하고 구실아치들에게는 위압적으로 호령하여 가축을 상납케 하는가 하면, 따르지 않는 자에게는 악형까지 베푼다고 합니다. 요즈음의 일은 더 괴이합니다. 매사냥을 간다는 명목하에 군역에 매인 장정을 징발하는데, 그 빠진 숫자의 많고 적음에 따라 날짜를 계산하고 나누어서 벌로 쌀을 내게 했으니, 고을 전체가 현감에 대한 원망과 비방으로 가득하다고 합니다.

그 기록은 아버지의 말을 뒷받침합니다. 아버지의 말에서도 그랬고 기록에서도 그랬고 문제는 매사냥이었습니다. 그럼에도 나는 그 기록을 보게 됨에 따라 더 아버지의 말을 믿지 못하는 자신을 발견하게 됩니다. 아버지의 말을 뒷받침하는 기록을 보았음에도 그 기록의 존재로 더 아버지의 말을 믿지 못하는 자신을 발견하게 됩니다. 내가 그렇게 생각하는 이유는 단 하나입니다. 기록 속에 등장하는 호사스러운 취미를 가진 아버지의 모습을, 다른 이에게 위압적인 명령을 가하는 아버지의 모습을, 나는 단 한 번도 본 적이 없기 때문입니다. 아버지는 늘 거친 술만 즐겼고, 어린 내게도 화 한 번 내지 않았습니다.

그러나 그것은 나중의 이야기입니다. 지금 내 관심은 오직 새로 찾은 그림에만 쏠려 있습니다. 그림 속에서 표현되고 있는 아버지의 후회, 좌절, 울분에 모든 관심이 쏠려 있습니다. 그러곤 이렇게 중얼거립니다.

"아버지는 잘못도 없는데 억울하게 현감 자리에서 쫓겨났구나."

매사냥 그림은 그 처사에 대한 소리 없는 항변입니다. 그러나 그 생각에 완전히 빠지지는 못합니다. 아버지가 직접 내게 답한 말 때문입니다. 말보다 그림을 믿지만 그래도 아버지가 그렇게 말했다는 사실을 완전히 무시할 수는 없습니다. 그래서 나는 섭사리 결정을 내리지 못합니다. 어찌하면 좋을까 혼자서 머리 긁으며 고민하다가 비로소 두보의 시집에 눈이 갑니다. 아버지가 찾아 읽으라고 말한 거나 마찬가지인 두보의 시집을 들춰 보다가 아버지가 적었던 시를 발견합니다.

봄 강의 배는 하늘 위에 앉은 듯하고
늙은이 되어 보는 꽃은 안개 속에서 보는 것 같네.

아버지는 책의 여백에 글을 남겼습니다.

두보는 이 시를 쉰아홉에 썼다.
그해 두보는 세상을 떠났다.
아, 나는 이미 두보보다 오래 살았다.

눈물이 뚝 떨어집니다. 이건 도대체 무슨 뜻일까요? 왜 하필 아버지
는 두보가 죽은 나이를 언급했을까요? 두보보다 오래 살았으니 죽어
도 여한이 없다는 뜻일까요?

나는 다르게 읽어 보려 애를 씁니다. 그러나 읽으면 읽을수록 내 머
릿속은 뒤죽박죽이 됩니다. 나는 아무것도 생각할 수 없습니다. 머릿
속은 갑작스러운 혼란으로 온통 꽝꽝 울립니다. 머리를 잡고 차라리
드러눕고 싶습니다. 아버지의 방에는 거문고가 있고, 생황이 있고, 피
리가 있고, 통소가 있습니다. 머리가 혼란스러운 나는, 꽝꽝 울리는 소
리를 듣고 있는 나는, 거문고와 통소와 피리를 두서없이 만졌다가 새
로 찾은 그림 속 아버지처럼 생황을 입에 뭅니다. 부는 법도 모르면서
생황을 입에 뭅니다. 불어 볼 생각은 하지도 않습니다. 그냥 입에 물곤
아버지가 썼던 구절에 등장하는 것들, 월당과 처절한 소리와 용의 울
음을 생각합니다. 그러고는 마침내 아버지가 내게 한 말, "당분간 그림

을 그리지 말거라."라는 말을 떠올립니다. 아버지가 무슨 뜻으로 그런 말을 했는지 잘 모르겠습니다. 하지만 나는 그 말에 그 어떤 대꾸도 할 수 없었습니다. 아버지의 말뜻을 이해했기 때문이 아닙니다. 내가 저지른 잘못 때문입니다.

나는 내 앞에 아버지가 앉아 있기라도 한 것처럼 무릎 꿇고 앉습니다. 고개마저 푹 숙이곤 오늘 아버지에게 미처 하지 못한 말을 마침내 입에 담습니다.

"훈장님에게 그림을 드렸어요."

그렇습니다. 나는 학비를 재촉하던 훈장님에게 그림 한 점을 그려 주었습니다. 훈장님의 매몰찬 시선을 견디다 못한 나는 아버지의 그림을 그대로 흉내 낸 내 그림 한 점을 며칠 전 훈장님에게 주었습니다. 훈장님이 모처럼 나를 보며 웃었습니다.

"이 귀한 것을 주시다니 몸 둘 바를 모르겠구나."

그 그림은 바로 「월만수만도」였습니다.

훈장님에게 그림을 건넬 땐 떨렸습니다. 훈장님이 기뻐할 땐 나도 모르게 어깨를 으쓱했습니다. 잘되었다 싶었습니다. 괜한 걱정을 했다 싶었습니다. 기뻤던 건 그날뿐이었습니다. 그 뒤론 지옥이었습니다. 그랬으면서도 뻔뻔한 나는 뱃놀이도 즐기지 못한 아버지를 모질게 다그쳤습니다. 눈물이 납니다. 닦을 수 없는 눈물입니다. 고개 숙이고 훌쩍이던 나는 아예 바닥에 드러누워 눈물을 쏟아 냅니다. 어디선가 용 우는 소리가 처엉처엉 들립니다.

가을,

그 차갑고도 뜨뜻했던 가을

1

그림을 그리던 아버지는 나를 보고도 별로 놀라지 않습니다. 아버지의 표정은 내가 올 줄 알았다는 듯 담담하기까지 합니다. 아버지는 방으로 들어오는 나를 보고 늘 그렇듯 허허 소리 내어 웃으며 말했습니다.

"서묵재 주인이 괜한 일을 했구나."

그렇습니다. 내가 천지를 덮을 기세로 내리는 거센 눈길을 헤치고 아버지를 찾아온 건 고함 노인이 보낸 한 통의 편지 때문입니다.

눈이 쌓이니 사람을 그리는 마음도 깊어집니다. 뜻밖의 편지를 보내 먼저 안부를 물으시니 참 감사할 뿐입니다. 혹독한 추위에도 나그네 생활이 건강하고 안녕하시다니 우러러 위로를 드립니다. 못난 아우는 가을부터 병이 심해져 삶과 죽음 사이의 경계를 여러 차례 오갔습니다. 오랫동안 신음하고 괴로워하다 한 해의 끝을 맞게 되는군요. 온갖 근심이 차례로 다가오니 스스로 불쌍히 여겨도 어쩔 도리가 없습니다.

아우 김홍도 올림

고함 노인이 내게 보낸 편지는 아버지가 쓴 편지입니다. 아버지가 내게 쓴 편지가 아니라 아버지가 형처럼 모시는 이에게 쓴 편지입니다. 아버지는 내게 편지를 쓰지 않았습니다. 아버지는 아예 글을 쓸 줄 모르는 사람처럼 나와 어머니에게 한 통의 편지도 쓰지 않았습니다. 나와 어머니가 아버지의 소식을 목 빼고 기다리고 있는 걸 알면서도 말입니다. 나는 아버지의 부재와 소식 없음을 어떻게 견뎠을까요? 평범한 아버지도 아닌 병에 걸려 집을 떠난 그 아버지의 부재와 소식 없음을 나는 어떻게 견뎠을까요?

처음 한 달간은 너무도 고통스러웠습니다. 집 안에 아버지가 있는 것과 없는 것은 천지 차이입니다. 별의별 것이 다 아버지를 그리워하게 만들었습니다. 아버지의 방에 걸린 「단원기」와 그림, 아버지가 보던 책들, 아버지가 쓰던 그림 도구들, 아버지의 베개며 버선까지……. 그것들을 언뜻언뜻 보기만 해도 머리가 어지러웠습니다. 아버지의 웃음이 눈에 선했고, 아버지의 말이 귀를 간질였습니다. 그럴 때면 어떻게 했나요?

그림을 그렸습니다. 아버지의 화첩을 꺼내 정성껏 따라 그렸습니다. 아버지는 내게 당분간 그림을 그리지 말라고 했습니다. 처음 며칠간은 아버지의 말을 따라 붓을 쳐다보지도 않았습니다. 하지만 견딜 수 없었습니다. 아버지가 없는 집에서 그림도 그리지 않고는 견딜 수 없었습니다. 열흘 만에 다시 붓을 잡았습니다. 그냥 잡지는 않았습니다. 내게도 깨달은 바가 있었으니까요.

'더는 아버지의 그림을 따라 그리지 않을 거야.'

아버지의 그림을 본으로 삼기는 했습니다. 하지만 아버지의 그림을 똑같이 그리지 않으려 애를 썼습니다.『개자원화보』도 보이지 않은 곳으로 치웠습니다. 결심은 단단했으나 실천은 쉽지 않았습니다. 아버지의 그림을 무조건 따라 그릴 때는 머리도 맑았고 마음도 편안했습니다. 똑같이 그리지 않으려 애를 쓰기 시작하자 마음은 낡은 천 조각처럼 갈기갈기 찢어져 온 방 안을 날아다녔습니다. 때문에 그림을 그리는 시간이 고통의 시간이 되었습니다. 그래도 꾹 참고 그림을 그렸습니다. 그러자 이번엔 아버지에 대한 원망이 스멀스멀 기어와 자리를 차지했습니다. 왜 아버지는 내게 이렇게 그려라, 저렇게 그려라 말해 주지 않은 걸까요? 왜 아버지는 편지 한 통 보내오지 않는 걸까요?

한 달이 지나자 나는 아버지에 대한 미련을 버렸습니다. 그래서 그저 무소식이 희소식이라는 속언만을 머릿속에 담으며 지냈을 뿐입니다. 나는 아무 일도 없는 아이처럼 서당 다니고 두보 읽고 그림 그리며 그 많고도 많은 날을 보냈습니다. 그러나 무소식이 희소식이라는 속언은 이 경우에 쓰는 게 아니었습니다. 병이 너무 깊어 스스로 집을 나간 거나 마찬가지인 아버지의 무소식이 희소식일 리는 없었습니다. 그럼에도 나는 서묵재에 가 볼 생각은 하지도 않았습니다. 언덕 너머 서묵재를 천 리 밖 떨어진 곳으로 여겼습니다. 아버지가 편지를 보내지 않은 것엔 그 나름의 이유가 있겠거니 여겼습니다. 어느 날인가는 참다못한 어머니가 낮은 목소리로 나를 채근하기도 했습니다.

"서묵재에 한 번 다녀오지 않겠니?"

나는 아무 말도 못 들은 사람처럼 꼼짝도 하지 않았습니다. 어머니의 근심과 눈물이 날이 갈수록 늘어 가는 것을 바로 옆에서 지켜보면서도 나는 꼼짝도 하지 않았습니다. 그렇다고 내 마음이 편했느냐 하면 그렇지도 않았습니다. 하루하루가 가시방석이 따로 없었습니다. 붓을 들어도 그림을 그릴 수 없었습니다. 자리에 누워도 잠을 이룰 수 없었습니다. 그럼에도 나는 눈 감고 귀 닫고 꼼짝도 하지 않았습니다.

아무리 변명을 해도 답은 같습니다. 내 행동은 결코 올바르지 않았습니다. 그것이 바로 고함 노인이 아버지가 쓴 편지, 내게 쓴 편지도 아닌 아버지가 다른 이에게 쓴 편지를 옮겨 적어 보낸 까닭입니다. 고함 노인은 편지 끝에 그저 '더 늦기 전에 와서 보아라.'라는 짧은 문장만을 덧붙였습니다. 화통한 성격의 고함 노인은 아마도 쓰고 싶은 말이 서너 장 분량은 족히 되었을 것입니다. 그럼에도 그는 끓어오르는 울화를 꼭꼭 누르고 그저 그 한 문장만을 보냈습니다. 고함 노인이 쓴 그 한 문장은 나를 더욱 부끄럽고 마음 아프게 만들었습니다. 고함 노인은 그 한 문장을 통해 나의 무심을 책하는 한편, 아버지의 상태가 내 생각보다 훨씬 더 나쁘다는 냉정한 현실을 알리고 있었습니다. 그 편지를 받고서야 나는 내가 괜한 고집을 부리고 있었다는 사실을 깨달았습니다. 나는, 아버지를 미워할 수 없었습니다. 원망할 수 없었습니다. 잊을 수 없었습니다. 그래서 나는 눈물 한 번 크게 쏟고는 한달음에 서묵재로 달려온 것입니다.

아버지는 내 손을 슬쩍 잡았다 놓습니다. 나는 아무렇지도 않은 척, 담담한 척, 얼굴에 웃음을 지으려 애를 씁니다. 계절이 두 번 바뀐 사이 아버지는 더 늙어 버렸습니다. 한 계절에 십 년씩 이십 년은 더 늙어 버렸습니다. 아니, 한 계절에 십 년씩 이십 년은 더 늙어 버렸다는 말로 간단히 아버지의 상태를 정리할 수는 없습니다. 아버지는 늙은 게 아니니까요.

아버지는 병에 완전히 따라잡혔습니다. 얼굴엔 핏기가 없고, 눈은 흐리고, 입 주위엔 물집이 생겼고, 수염은 아예 하얗게 변했습니다. 나를 가장 안타깝게 한 것은 아버지의 손목입니다. 커다란 붓도 마음껏 휘두르던 그 튼튼한 손목은 눈에 띄게 가늘어졌습니다. 열세 살 내 손목과 비슷하게 보일 정도입니다. 엎드려 울고 싶습니다. 그러나 울어서는 안 됩니다. 왜 이렇게 병에 따라잡혔느냐고 벌컥 화를 내고 싶습니다. 그러나 화를 내서는 안 됩니다. 나는 지금 아버지에게 눈물을 보일 수도, 화를 낼 수도 없습니다. 눈물과 화의 근원인 염려 또한 비출 수 없습니다. 그 염려를 입 밖에 냈다간 아버지의 몸이 더 가늘어져서 마침내 완전히 사라져 버릴지도 모릅니다. 기이한 생각이라 비웃을지도 모르겠습니다. 하지만 지금 아버지를 보는 내게는 그 생각이 전혀 기이하게 여겨지지 않습니다. 내 앞에 멀쩡히 존재하고 있는 아버지가 연기처럼 사라질 리 없다는 사실을 알면서도 나는 어린애처럼 그런 생각을 버릴 수 없습니다. 버리려 하면 할수록 그 생각은 더 커져서 도무지 머리에서 사라지지 않습니다. 아, 아버지는 병에 사로잡혔고 나는 절망에 사로잡혔습니다.

아버지가 웃습니다. 나도 따라 웃습니다. 내 마음을 숨기려 애쓰며 병든 아버지에게 빙긋 웃어 보입니다. 아버지가 내 마음속 갈등을 알기라도 하는 듯 천천히 고개를 끄덕입니다.

"그림은 많이 그렸느냐?"

잠시 머뭇거리다 대답합니다.

"네."

아버지의 당부를 정면으로 어긴 셈입니다. 하지만 그림을 많이 그렸느냐고 물은 건 아버지입니다. 아버지는 내가 말을 듣지 않을 걸 진작부터 알고 있었던 셈입니다.

"내 옆으로 와라."

아버지의 곁으로 가서 그림을 봅니다. 가장 먼저 든 생각은 이렇습니다.

'이 그림은 참 어둡고 춥다.'

눈 내리는 겨울날을 그린 그림인가요? 그렇지 않습니다. 나뭇잎들이 많지는 않아도 남아 있는 것으로 보아 겨울이 아닌 가을을 그린 그림입니다. 그런데도 어둡고 춥습니다. 그림 속에는 나뭇잎들도 있고 달도 있는데 눈 퍼붓는 겨울날보다 더 어둡고 춥습니다. 보름달이 뜬 가을날인데 거센 바람이 마구 휘몰아치는 겨울날보다 더 어둡고 춥습니다. 그래서 그림은 떨고 있습니다. 추위를 이기지 못하고 떨고 있습니다. 나무도 떨고, 산도 떨고, 달도 떨고, 집도 떨고, 새들도 떨고, 사람들도 떨고 있습니다.

나는 떨지 않으려 애를 씁니다. 그래서 주먹을 꼭 쥐고 그림을 봅니다. 그림 속에는 두 사람이 있습니다. 집 안에는 기품 있어 보이는 남자가 있습니다. 남자는 책을 읽다 말고 들창을 통해 밖을 바라봅니다. 마당에는 소년이 있습니다. 소년은 손을 뻗어 남자에게 무언가를 설명하고 있는 중입니다. 마당 저편으로는 학 두 마리도 보입니다. 내가 특별히 눈여겨보는 것은 두 사람, 그리고 학의 시선입니다. 남자와 소년과 학의 시선은 제각각입니다. 남자는 들창 밖을 보고, 소년은 남자를 보고, 학은 산을 보고 있습니다. 그러나 남자와 소년과 학 두 마리가 그림에서 차지하고 있는 비중은 크지 않습니다. 비중으로만 보자면 그림의 주인공은 사람과 동물이 아니라 나무와 산입니다. 그리 멀지 않은 산 중턱에 별채가 보입니다. 달빛 좋던 여름, 남자는 저 별채에 머물며 나무와 산을 즐겼을 것입니다. 그러나 지금 별채는 비어 있습니다. 바람 많은 가을, 별채를 점령한 것은 나무와 산입니다. 그러니 그림의 주인공은 남자에게서 별채를 빼앗아 버린 나무와 산입니다.

아닙니다. 그렇지 않습니다. 그림의 주인공은 나무와 산이 아닙니다. 그림의 주인공은 나무와 산에 깃든 추위와 어두움과 쓸쓸함입니다. 그림 속 남자는 무력합니다. 책상 앞에 앉아 들창으로 밖을 보는 남자는 나무와 산에 깃든 추위와 어두움과 쓸쓸함을 결코 물리칠 수 없습니다. 남자는 무력하고 또 무력하여 소년이 자기를 보고 있는 줄도 모르고, 학이 고개 돌리고 텅 빈 별채가 있는 산을 보고 있는 줄도 모릅니다. 남자는 소년과 학과 함께 있지만 실은 혼자입니다. 그러니까 내 생각은 틀렸습니다. 그림의 주인공은 나무와 산도 아니고, 나무와 산에 깃든 추위와 어두움과 쓸쓸함도 아닙니다. 그림의 주인공은 다시 남자가 됩니다. 무력하고 또 무력한 남자가 다시 주인공이 됩니다. 그렇다면 이 남자는 누구이겠습니까?

아버지입니다. 그러니까 아버지의 추위와 어두움과 쓸쓸함이 이 그림을 그리게 한 것입니다. 여태껏 아버지의 그림을 꽤 많이 보았습니다. 추위와 어두움과 쓸쓸함이 깃든 그림도 꽤 많이 보았습니다. 그러나 이 그림만큼은 아니었습니다. 지금껏 아버지가 그린 그림 속의 추위와 어두움과 쓸쓸함은 내가 보고 견딜 수 있는 것들이었습니다. 그것들은 느껴지기는 하되 그림을 압도하지는 않았습니다. 내 몸을 떨리게는 만들었으되 나를 압도하지는 않았습니다. 그러나 이 그림은 다릅니다. 이 그림 속의 추위와 어두움과 쓸쓸함은 내가 도저히 맞서 싸워 이길 수 있을 것 같지가 않습니다. 그만큼 추위와 어두움과 쓸쓸함은 압도적입니다. 물론 그 추위와 어두움과 쓸쓸함의 근원은 아버지의 마음입니다. 유난히 춥고 바람 많고 눈 많이 내리는 이 겨울, 아버지가 느꼈을 추위와 어두움과 쓸쓸함의 크기가 느껴집니다. 홀로 그 추위와 어두움과 쓸쓸함을 견뎠을 아버지를 생각하니 마음이 아픕니다. 견디지도 못할 것들을 견디려 애썼을 아버지를 생각하니 마음이 아픕니다. 아마도 아버지는 그래서 편지 한 통 못 보냈을 것입니다. 나나 어머니가 자신의 마음을 알아채는 게 두려워 편지를 써 놓고도 차마 보내지 못했을 것입니다. 아버지는 그런 내 마음을 아는지 모르는지 좀처럼 그림에서 눈을 떼지 않으며 이렇게 묻습니다.

"무엇을 그린 그림인지 알겠느냐?"

아버지의 추위와 어두움과 쓸쓸함이라 답할 수는 없습니다. 그래서 나는 조금 전부터 심해진 바람 소리를 배경으로 간신히 이렇게 답합니다.

"가을입니다."

"그래, 가을이다. 하지만 나는 눈에 보이는 가을을 그린 것이 아니다."

나는 아버지를 봅니다. 아버지는 지금 가을을 그렸지만 눈에 보이는 가을을 그린 것이 아니라고 말했습니다. 그림이란 그런 거겠지요. 꼭 눈에 보이는 그대로 그려야 그림인 것은 아닐 테니까요. 어쩌면 그림은 눈에 보이는 게 아니라 눈으로 볼 수 없는 마음을 그리는 것일 테니까요.

"내가 그린 것은 소리이다. 그러니까 내가 그린 것은 가을이 오는 소리이다."

가을이 오는 소리? 소리를 그림으로 그릴 수가 있을까요? 눈으로 보는 그림이 귀로 듣는 소리를 느끼게 할 수 있을까요? 그림을 다시 보고서야 나는 아버지의 말을 이해합니다. 나는 그제야 내가 들었던 바람 소리가 밖에서 나는 소리가 아니라는 사실을 깨닫습니다. 다시 본 그림 속에서는 정말 소리가 나고 있었습니다. 내가 바람 소리 비슷한 것으로 여겼던 소리가 정말로 그림 속에서 나고 있었습니다. 그림을 자세히 보니 그건 꼭 바람 소리 비슷한 소리는 아니었습니다. 그 소리는 내가 들어 본 적이 없는 소리입니다. 그것은 꼭 휘파람 소리 같으나 휘파람 소리는 아닙니다. 새가 우는 소리 같으나 새가 우는 소리는 아닙니다. 파도 소리 같으나 파도 소리는 아닙니다. 말이 달리는 소리 같으나 말이 달리는 소리는 아닙니다. 쇳덩어리가 부딪히는 소리 같으나 쇳덩어리가 부딪히는 소리는 아닙니다. 사람들이 마구 고함치는 소리 같으나 사람들이 마구 고함치는 소리는 아닙니다. 소리가 들리는데 나는 그 소리가 어떤 소리인지 꼭 짚어 말할 수가 없습니다. 고요해 보이는 그림 속에서 온갖 소리가 섞여 들리는데 나는 그 소리가 어떤 소리인지 정확히 짚어 말할 수가 없습니다. 내가 처음에 바람 소리로 여겼던 그 소리는 사실은 내가 알 수 없는 소리입니다. 내가 들어 본 적 없는 소리입니다.

"소리가 들리기는 하는데 무슨 소리라 말하기가 힘듭니다."

그런 나를 보며 아버지가 이렇게 말합니다.

"너라면, 들을 줄 알았다. 그게 바로 가을이 오는 소리이다."

아버지의 말을 들어도 제대로 이해할 수는 없습니다. 익숙한 듯 낯선 그 소리가 무얼 의미하는지, 그것이 왜 가을이 오는 소리인지 나는 도무지 이해할 수가 없습니다.

"가을의 겉모습은 어떠하냐. 하늘은 맑고 햇살은 깨끗하지 않으냐. 바람은 적당하고 구름은 드높지 않으냐. 그래서 사람들은 그 겉모습을 보고 가을을 아름답다 여긴다. 그러나 실제의 가을은 그렇지 않다. 풀빛의 색이 변하고 나뭇잎은 떨어진다. 이마의 주름이 늘고 머리 색이 옅어진다. 맑은 하늘과 깨끗한 햇살은 실은 냉정함이다. 적당한 바람과 드높은 구름은 실은 광폭함이다. 가을은 그 냉정함과 광폭함으로 사물과 사람의 기운을 빼앗는다. 누가 겨울이 춥다고 하느냐? 세상은 보이는 것과 다르다. 사람들은 그저 겉만 보며 겨울이 춥고 가을은 좋다고 말한다. 아니다. 그렇지 않다. 가장 추운 계절은 겨울이 아닌 가을이다. 가을은 모든 것을 파괴한다. 모든 것을 산산조각내어 버린다. 겨울은 그렇지 않다. 겨울은 가을이 파괴하고 산산조각낸 것을 가까스로 수습하기 시작하는 계절이다. 가을이 파괴하고 산산조각낸 것이 겨울이 되어야 비로소 보이니 사람들은 그저 겨울이 모질고 춥다

느끼는 것뿐. 그러니 네가 들은 그 소리가 바로 가을이 오는 소리이다. 사람들이 제대로 듣지 못하는 소리, 가을이 오는 소리이다. 가을은 결코 조용히 오지 않는다. 가을은 요란스럽게 온다. 가을은 냉정하고 광폭하게 온다. 사람들은 그걸 모른다. 그래서 나는 가을이 오는 소리를 그려 보인 것이다."

이제 아버지는 붓을 들어 그림 왼편의 여백에 글을 씁니다. 나는 아버지가 쓰는 글을 속으로 따라 읽습니다.

(……) 초목은 감정이 없지만 때가 되면 바람에 날려 떨어진다. 사람은 동물 중에서 영혼이 있는 존재이다. 그런 까닭에 마음으로 온갖 근심을 느끼고 만 가지 일로 육체를 수고롭게 한다. 마음속에 움직임이 있으면 반드시 그 정신이 흔들리는 까닭이다. 자신의 힘이 미치지 못하는 것까지 생각하고, 자신의 지혜로 할 수 없는 것까지 근심하게 되어서는, 붉던 얼굴이 마른 나무같이 시들어 버리고 까맣던 머리가 희게 변해도 어쩔 수가 없다. (……)

더 읽지 못하고 아버지를 봅니다. 아버지는 내가 보는 것도 모르고 계속해서 글을 쓰고 있습니다. 나는 나중에야 아버지가 쓴 글의 원래 주인이 구양수라는 것을 알게 됩니다. 그러나 그것은 나중의 일이지요. 그러므로 지금 내게 아버지는 온전히 가을입니다. 눈길을 헤치고 온 내게 아버지는 냉정하고 광폭한 가을, 그 자체입니다. 무섭습니다. 나는 더는 참지 못하고 눈물을 터뜨립니다. 내 귀에 들리는 가을 소리가 너무도 무서워 아예 귀를 막고 눈물을 터뜨립니다.

2

"훈장님에게 그림을 드렸어요."

한참 후에야 눈물을 그친 내가 처음 한 말입니다. 아버지의 눈썹이 살짝 꿈틀거립니다.

"그게 무슨 말이냐?"

"훈장님에게 그림을 드렸어요. 아버지의 그림을 똑같이 그려서 훈장님에게 드렸어요."

"무슨 그림을?"

"「월만수만도」요."

"왜 하필, 왜……."

아버지는 말을 잇지 못합니다. 아마도 아버지는 왜 하필 그런 짓을 했느냐고, 왜 하필 그 그림을 따라 그렸느냐고 물으려 했을 것입니다. 그러나 그 순간 아버지의 머릿속에는 이미 답이 떠올랐을 것입니다. 그래서 아버지는 말을 잇지 못했을 것입니다.

"언제 그랬느냐?"

"지난여름의 일입니다."

아버지는 버선을 벗고 벽에 등을 기댑니다. 술 먹을 때 외에는 좀처럼 흐트러진 모습을 보이지 않던 아버지가 술을 마신 것도 아닌데 버선을 벗고 벽에 등을 기댑니다. 아버지가 묻습니다.

"네 훈장님이 모르시더냐?"

"제 그림인 줄 전혀 눈치채지 못하셨습니다."

아버지는 아, 하고 한숨을 내쉬곤 더 말을 잇지 못합니다. 나는 고개를 숙입니다. 내 눈에는 다시 눈물이 고입니다.

"세상의 고결한 선비들이 앞다투어 내 그림과 내 인품을 칭찬했다는 것을 너는 알고 있느냐?"

갑작스러운 아버지의 말에 나는 고개를 듭니다. 그러나 아버지는 나를 보고 있지 않습니다. 아버지는 허공을 바라보며 옛이야기를 풀어놓습니다.

"이용휴 선생은 내 그림의 선과 색이 정교하고 묘하다 했다. 그런데도 경망스레 붓을 놀리지 않았으니 그것은 바로 내 인품이 높은 까닭이라 했다."

나는 나중에 이용휴가 아버지의 그림을 보고 쓴 글을 찾아 읽게 됩니다. 그래서 아버지가 나에게 한 말이 거짓이 아니었음을 알게 됩니다.

이용휴의 말을 떠올린 아버지가 또 다른 이를 언급합니다.

"홍신유 선생은 나더러 그림도 인품도 훤칠하다 했다."

나는 나중에 홍신유가 아버지에 대해 쓴 글을 찾아 읽게 됩니다. 그래서 아버지가 나에게 한 말이 거짓이 아니었음을 알게 됩니다.

홍신유의 말을 떠올린 아버지가 또 다른 이를 언급합니다.

"홍양호 대감은 나더러 고개지*의 삼매경을 얻었다 했다."

나는 나중에 홍양호가 아버지에 대해 쓴 글을 찾아 읽게 됩니다. 그래서 아버지가 나에게 한 말이 거짓이 아니었음을 알게 됩니다.

홍양호의 말을 떠올린 아버지가 또 다른 이를 언급합니다.

"정범조 옹은 나더러 그림의 품격과 정신의 사귐이 고고하고 높다 했다."

나는 나중에 정범조가 아버지에 대해 쓴 글을 찾아 읽게 됩니다. 그래서 아버지가 나에게 한 말이 거짓이 아니었음을 알게 됩니다.

정범조의 말을 떠올린 아버지가 또 다른 이를 언급합니다. 나도 잘 알고 있는 표암 선생입니다.

"표암 선생은 나더러 신선 같다 했다."

나는 나중에 표암 선생이 아버지에 대해 쓴 글이 아버지의 방에 걸려 있는 것 말고도 더 있음을 알게 됩니다. 그래서 그 글까지 찾아 읽은 나는 아버지가 나에게 한 말이 거짓이 아니었음을 알게 됩니다.

　김홍도는 자가 사능이다. 어릴 적부터 내 집에 드나들었다. 눈매가 맑고 용모가 빼어나 익힌 음식 먹는 세속 사람 같지가 않았다. 그에겐 신선의 기운이 있었다.

지난 시절을 추억하는 아버지의 눈가가 촉촉해집니다. 나는 속으로 조용히 울고 있습니다. 차라리 아버지가 큰소리로 야단을 쳤으면 했습니다. 어디서 그런 못된 것을 배웠느냐고 호통치며 회초리를 들었으면

---

* 顧愷之. 대상의 외형보다 본질을 표현하는 것을 중시했던 중국의 화가이자 문필가.

했습니다. 아버지는 그러지 않았습니다. 아버지는 나를 혼내는 대신 사람들이 아버지를 어떻게 생각했는지를 말했습니다. 그 말이, 회초리 보다 더 아프게 내 종아리를 때립니다. 하지만 나는 눈물을 흘리지 않고 속으로만 웁니다. 아버지가 나에 대한 화를 아끼듯 나 또한 눈물을 아껴야만 합니다. 나는 눈물을 아끼며, 속으로만 울려 애쓰며 아버지가 하는 말을 하나 놓치지 않고 들었습니다. 그랬기에 나는 나중에 내친구에게 아버지의 자부심이었던 그림과 인품을 함께 말하게 되고, 내 친구는 내 이야기를 귀 기울여 들은 후 다음과 같은 글로 정리하게 됩니다.

원나라 때는 그림 잘 그리는 사람이 많이 나타났다. 그중에서 가장 두드러진 이는 예찬이다. 그의 인품이 높았던 까닭이다. 단원이 김득신, 최북, 이인문 사이에서 홀로 독보적인 까닭은 무엇인가? 인품이 높아야 필법도 높기 때문이다.

아버지가 나를 보며 아버지로선 드물게 목소리를 높입니다.
"네가 한 짓이 곧 내가 한 짓이다. 그게 나라는 사람이다."

3

아버지가 갑자기 허물어집니다. 지금껏 잘 버티던 아버지의 몸이 벼락이라도 맞은 것처럼 갑자기 허물어집니다. 손을 뻗어 아버지를 부축합니다. 아버지는 내 도움을 거절하지 않습니다. 언제나 홀로 꿋꿋하던 아버지가 지금은 내 도움을 받아 다시 벽에 등을 기댑니다. 아버지가 나를 보며 묻습니다.

"왜 내게 그림을 배우고 싶어 하는 게냐?"

죄 많은 나는 아버지의 질문에 답할 수 없습니다. 아버지까지 죄인으로 만들어 버린 나는 아버지의 질문에 답할 자격이 없습니다.

"표암 선생은 내 엉터리 그림도, 엉터리 생황 연주도 즐겁게 감상하신 분이었다."

일곱 살 시절을 회상하는 아버지의 얼굴이 짧은 겨울 햇살처럼 잠시 밝아집니다. 그 잠깐 밝아진 얼굴로 아버지는 일곱 살 시절의 일을 내게 꺼내 보입니다.

"난 어려서부터 붓 잡는 걸 좋아했다."

아버지의 그림은 홀로 배운 그림이었습니다. 아버지 주위에는 아버지에게 그림을 가르쳐 줄 만한 사람이 없었습니다. 나는 나중에 족보를 본 뒤 그 사정을 더 잘 알게 됩니다. 내 선조들은 수문장이나 만호 같은 하급 무관직을 역임했습니다. 증조할아버지 대에 이르면 그나마 그런 하급 무관직조차 보이지 않습니다. 그러니까 우리 가문은 그림과는 아무 관계도 없었습니다. 보통은 화원의 아들이 화원을 하기 마련입니다. 화원의 아들이 화원인 아버지에게서 그림을 배워 다시 화원이 되기 마련입니다. 아버지는 달랐습니다. 아버지 주위에는 그림 그리는 일과 관련된 일에 종사하는 사람조차 없었습니다. 그림이 무엇인지 아는 사람도 하나 없었습니다. 그러한 환경 속에서 아버지는 그림을 그렸습니다. 그러니까 아버지는 홀로 그림을 배운 것이지요. 할아버지 또한 그림에 대해선 잘 몰랐을 것입니다. 할아버지는 어느 양반 집의 겸인이었으니까요. 하지만 할아버지는 아버지에게 재능이 있다는 사실을 알아보았습니다. 할아버지가 어떻게 그걸 눈치챘는지 모르겠습니다. 아이의 그림을 보고 재능이 있는지 없는지 가리는 건 무척이나 어려운 일인데 말입니다. 어쨌든 아버지의 그림에서 뭔가를 확실히 느낀 할아버지는 당장 표암 선생을 떠올렸습니다. 온 동네 정보를 두루 꿰고 있는 할아버지였으므로 영락한 양반가의 자손인 표암 선생이 그리 멀지 않은 곳에 살고 있다는 사실은 진작부터 알고 있었겠지요. 그 표암 선생이 그림의 대가라는 사실 또한 당연히 알고 있었을 것이고요.

"선생 앞에서 그림을 그렸는데 다 그리기도 전에 선생은 됐다, 하셨다. 그러더니 생황을 내미시더라. 그래서 불었다."

표암 선생도 참 특이한 분입니다. 생황을 불어 본 적도 없는 일곱 살 아이에게 무작정 생황을 내밀었으니 말입니다. 아버지 또한 마찬가지입니다. 생황을 불어 본 적도 없으면서 무작정 입에 댔습니다. 표암 선생은 엉터리 생황 연주를 들으며 도대체 어떤 표정을 지었을까요? 그 연주를 듣고 무엇을 느꼈기에 아버지를 제자로 받아들였을까요? 그러니 이 대목에서 나는 자신에게 물을 수밖에 없습니다.

'표암 선생이 그날 보고 들은 것은 무엇이었을까?'

표암 선생이 보고 들은 것은 과연 아버지의 말대로 엉터리 그림과 엉터리 연주였을까요? 아버지는 그렇게 말했지만 이제 나는 그렇게 생각하지 않습니다. 나는 아버지를 압니다. 그림 그릴 때의 아버지를 알고 악기를 연주할 때의 아버지를 압니다. 아버지에게는 흥이 있습니다. 흥은 배우는 게 아닙니다. 그러므로 아버지는 흥을 타고난 사람입니다. 아버지는 흥으로 그림을 그렸고 흥으로 악기를 연주했습니다. 그럴 때면 꼭 다른 세상에 있는 사람 같았습니다. 그건 아버지의 마음이 즐거울 때나 우울할 때나 마찬가지였습니다. 즐거울 때는 즐거운 흥으로 그리고 연주했고, 우울할 때는 우울한 흥으로 그리고 연주했습니다. 그러니 표암 선생이 보고 들은 건 엉터리 그림과 엉터리 연주가 아니었습니다. 표암 선생이 일곱 살 아버지에게서 보고 들은 건 흥이 담긴 그림과 흥이 담긴 연주였습니다. 그런 흥은 인생을 잘 아는 이에게도 흔하지가 않습니다. 그랬기에 그 그림과 연주가 형편없어도 표암 선생은 아버지를 제자로 받아들였던 것입니다.

"날 제자로 받아들인 표암 선생이 내 준 첫 번째 과제가 무엇인 줄 아느냐?"

정말로 궁금합니다. 표암 선생은 아버지를 어떻게 가르쳤을까요?

"생황 소리를 그리라 했다."

"네?"

"선생 앞에서 들려주었던 그 엉터리 생황 소리를 그리라 했다."

참으로 표암 선생다운 방법입니다. 그 어떤 선생도 그런 식으로 그림을 가르치진 않을 테니까요.

"그리셨습니까?"

"처음엔, 생황을 그렸다. 생황을 그려 선생에게 보여 드렸다. 선생은 그 그림을 보곤 고개를 가로저었다."

그랬겠지요. 생황 소리를 그리라 했는데 생황을 그리는 건 선생이 원했던 답이 아니겠지요. 그렇다면 아버지는 뭘 그렸을까요?

"너라면 어떻게 했겠느냐?"

아버지의 이야기에 귀 기울이던 나는 흠칫 놀라 어깨를 살짝 뒤로 젖힙니다. 아버지가 되물을 줄은 짐작도 못 했던 까닭입니다. 스스로에게 묻습니다.

'나라면 어떻게 했을까?'

조금 전 아버지의 대답에 속으로 웃었던 게 후회됩니다. 내 머릿속에는 그저 생황만 떠올랐으니 말입니다.

"아무리 생각해도 모르겠더구나. 그래서 이것저것 다 그려 보았다. 선생의 얼굴도 그려 보고, 내가 궁둥이를 붙이고 앉은 마루도 그려 보고, 심지어는 그림 그리는 내 손도 그려 보았다. 선생은 그때마다 고개만 저었다. 다 포기하고 집에 가려 했다. 억울해서 눈물이 찔끔 나려 했다. 가기 전에 마당에 있는 우물에서 물 한 잔을 떠서 마셨다. 그때 깨달았다. 바람에 우물물이 흔들리더구나. 곧바로 그림을 그렸다. 커다란 대접을 그리고 그 안에 두세 번 붓질을 했다. 선생이 비로소 웃더구나."

바람이 불면 물은 흔들립니다. 악기를 연주해도 물은 흔들립니다. 누구나 다 아는 사실입니다. 하지만 생황 소리를 그릴 때 그 사실을 떠올리긴 어렵습니다. 아버지는 그걸 깨달은 것입니다. 일곱 살밖에 되지 않았던 그 어린 아버지가 말입니다. 아버지의 말이 이어집니다.

"표암 선생과 난 비슷한 점이 참 많았다. 어쩌면 우리는 사제가 아니라 친구였는지도 모르겠다."

아버지의 말대로 표암 선생은 그림 선생이 아니었습니다. 사실 표암 선생은 그 뒤로도 아버지에게 그림을 많이 가르쳐 주지 않았다고 합니다. 표암 선생은 아버지를 불러 그림을 그리게 했을 뿐입니다. 아버지에게 그림을 그리게 하고 표암 선생 또한 옆에서 함께 그림을 그렸을 뿐입니다. 그렇더라도 아버지가 훌륭한 그림 그리는 사람이 되었으니 자신의 공을 내세울 법도 합니다. 표암 선생은 그런 사람이 아니었습니다. 아버지의 방에 걸려 있는 「단원기」에는 다음과 같은 구절이 적혀 있습니다.

무릇 그림 그리는 사람은 전해 오는 옛 그림을 따라 배우기를 거듭해야 비슷하게라도 되는 법이다. 사능은 다르다. 홀로 창안해 내되 그 교묘함이 하늘의 조화를 빼앗을 정도이다. 그러니 어찌 하늘이 내린 특이한 재주로서 세속을 뛰어넘음이 아니겠는가!

아버지의 그림은 배워서 익힌 그림이 아니라는 뜻입니다. 아버지의 그림은 하늘이 내린 특이한 재주가 있어 가능한 그림이었다는 뜻입니다. 그래서 표암 선생은 아버지를 불러 그림을 그리게 했습니다. 무엇 하나 가르치지 않고 아버지를 불러 그림을 그리게 하고 자신 또한 곁에서 그림을 그렸습니다. 그림만 그린 게 아니었지요. 표암 선생은 아버지와 함께 연주하고 아버지와 함께 여행을 다녔습니다. 아버지와 표암 선생은 오래도록 함께 있으면서도 다투지도 않았습니다. 아버지는 표암 선생에게 한결같았고 표암 선생 또한 아버지에게 한결같았습니다. 아버지 말대로 표암 선생은 아버지의 선생이 아니라 '친구'였고 실제로도 아버지를 제자가 아닌 친구로 대했습니다. 표암 선생이 「단원기」에 '군과 나는 나이와 지위를 잊은 친구라고 해도 좋을 것'이라고 쓴 걸 보면 알 수 있습니다. 나는 나중에 아버지와 표암 선생이 함께 등장하는 희귀한 그림을 보게 됩니다. 스물도 안 된 아버지와 오십이 넘은 표암 선생이 선생의 친구이자 일세를 풍미한 문인이자 화가들인 허필, 심사정, 최북과 함께 등장하는 그림을 보게 됩니다. 당대 최고의 화가와 문인들의 모임에 아직 스물도 안 된 아버지가 함께 있었다는 것이 뜻하는 바가 뭘까요? 그건 바로 표암 선생의 마음입니다. 아버지를 향한 표암 선생의 우정 어린 배려가 없었다면 불가능했을 일입니다. 그 그림을 통해 나는 표암 선생이 말로만 아버지를 아끼고 친구로 여긴 게 아니라는 사실을 잘 알게 됩니다.

"너는 어떤 그림을 그리는 사람이 되고 싶으냐?"

표암 선생과의 추억을 말하던 아버지가 갑작스럽게 질문을 던집니다. 아버지의 질문을 듣는 순간 나는 아버지가 내게 그림을 가르쳐 주지 않은 이유를 문득 깨닫습니다. 지금껏 내겐 오직 하나의 생각밖에 없었습니다. 어서 빨리 화원이 되고 싶다는 그 하나의 생각밖에 없었습니다. 이제야 나는 지난봄 아버지가 스쳐 가듯 한 말의 의미를 제대로 이해합니다. 자신만을 위한 그림을 그리고 싶다는 그 말!

화원이 되고 싶다는 것, 그것은 무슨 뜻입니까? 남을 위한 그림만 그리겠다는 뜻입니다. 그렇습니다. 나는 여태껏 남을 위한 그림만 그려

왔습니다. 사람들이 보고 좋아할 만한 그림만 그려왔습니다. 그 그림 속에는 내가 없었습니다. 그러니까 그 그림은 내 그림이 아니었습니다. 아버지는 내게 그림을 가르쳐 주지 않은 게 아니었습니다. 실상 아버지는 내게 늘 그림을 가르쳐 주고 있었던 것입니다. 그러나 나는 귀가 꽉 막힌 나귀처럼 그 말을 하나도 받아들이지 못했던 것입니다. 그림으로 말하는 아버지의 말을 하나도 듣지 못했던 것입니다. 아버지는 이렇게 못을 박습니다.

"너는 좋은 화가가 될 재능을 여럿 타고났다. 그림 보는 눈도 갖췄고 들리지 않는 소리를 듣고 보이지 않는 것을 보는 예민한 감각도 갖췄다. 단 하나 부족한 게 있다."

"그게 무엇입니까?"

"네 마음을 표현할 줄 모른다. 내 그림에는 내가 들어 있다. 그런데 네 그림에는 네가 없다. 그러니 네가 그리는 그림은 죽은 그림이다. 네가 내 그림을 똑같이 그릴 수 있었던 이유가 바로 그 때문인 게다. 너는 아무 죄책감 없이 내 그림을 따라 그릴 수 있었던 게다. 내 말, 알아듣겠느냐?"

"네."

"그림은 붓으로 그리는 게 아니다. 네 마음을 쪼개 그 조각으로 그리는 것이다. 너만이 듣고 볼 수 있는 것을 그리는 것이다. 그것이 쉽겠느냐? 그래서 사람이 일평생 그릴 수 있는 그림에는 한도가 있는 것이다. 네가 원한다면 내 그림을 얼마든 흉내 내 팔아도 좋다. 하지만 그런 그림을 그리는 너는 화가는 아니다. 내 말, 알겠느냐?"

"네."

"부끄럽다만 나 또한 화가로 산 적은 그리 많지 않다. 나는 많은 날을 화원으로 살았다. 화원으로 살다 현감이 되었을 때 나는 다 이루었다 믿었다. 이제 멸시는 받지 않겠구나 느꼈다. 그렇지 않았다. 현감 자리에서 쫓겨난 나는 더 큰 멸시를 받았다. 아, 다 이루기는커녕 다 잃은 것이었다. 그러면서도 난 그 짧았던 영화를 평생 잊지 못했다. 그러니 난 다 잃은 것이었다. 그때 난, 그 사실을 몰랐다. 내 말, 알겠느냐?"

"네."

"난 너에게 뭐라 할 자격이 없다. 인품이니 뭐니 하는 이야기는 다 헛소리일 뿐이지. 난 그저 화원이었다. 남들을 위한 그림이나 그려 왔던 화원이었다. 나이 육십이 넘어서까지도 남들이 원하는 그림만 그려 온, 한심한 화원이었다. 내 길이 보이는데도 가지 않았던 한심한 사람이었다."

"그렇지 않습니다."

"연록아, 내 다시 묻겠다. 정말로 그림을 그리고 싶으냐?"

나는 아버지의 질문에 답하지 못합니다. 네, 라고도 못 하고 아니요, 라고도 못 합니다. 그저 바닥에 머리 붙이고 눈물만 쏟을 뿐입니다.

"그렇다면 나를 잊어라. 내 그림을 잊어라."

"네."

"서묵재에 머무는 게 아니었다. 나는 네 곁을 떠나지 말았어야 했다. 나는 그러지 못했다. 네게 허물어지는 모습을 보이고 싶지 않았다. 네 아버지가 아니라 현감인 것처럼 늘 너에게는 반듯한 모습만 보여 주고 싶었다. 그 시절을 그렇게 증오하면서도 나는 너에게 현감인 것처럼 행동하려 했다. 연록아. 내가 왜 그랬는지 모르겠다. 내가 왜 그리 보이는 것에 집착했는지 모르겠다."

아버지의 몸은 더 기울어져서 거의 눕다시피 한 자세가 됩니다. 아버지를 부축해 자리에 눕힙니다. 아버지는 이번에도 내 도움을 거절하지 않습니다. 아버지는 자리에 누워 나를 보며 빙긋 웃습니다.

4

아버지는 잠시 눈을 감았다 뜹니다. 아버지는 내 손을 잡으며 말합니다.

"나는 선비가 되고 싶었다. 내 몸을 다스리고 집을 다스리고 나라를 다스리고 세상을 화평하게 만드는 선비가 되고 싶었다."

아버지가 한 말의 의미를 이해하려 애씁니다. 그러나 내가 이해하기도 전에 아버지는 또 다른 말을 합니다.

"나는 광대이고 싶었다. 시장판을 누비며 사람들을 웃기고 울리는 광대이고 싶었다."

아버지가 한 말의 의미를 이해하려 애씁니다. 그러나 내가 이해하기도 전에 아버지는 또 다른 말을 합니다.

"나는 떠돌이이고 싶었다. 세상 끝까지 걷고 또 걷는 떠돌이이고 싶었다."

아버지가 한 말의 의미를 이해하려 애씁니다. 그러나 내가 이해하기도 전에 아버지는 또 다른 말을 합니다.

"나는 중이고 싶었다. 가부좌하고 앉아 마음의 우물을 들여다보듯 내 속과 사람들 속과 세상 속을 들여다보는 중이고 싶었다."

아버지가 한 말의 의미를 이해하려 애씁니다. 그러나 내가 이해하기도 전에 아버지는 또 다른 말을 합니다.

"아니다. 다 아니다. 나는 다만 달이고 싶었다. 저녁 하늘에 뜨는 그저, 달이고 싶었다. 사람 하나 없는 빈 계곡을 비추는 그저, 달이고 싶었다."

아버지가 잠시 말을 멈춥니다. 선비와 광대와 떠돌이와 중과 달이되고 싶었다고 말한 아버지가 잠시 말을 멈춘 사이 나는 아버지가 한 말의 의미를 이해하려 애씁니다. 평생 그림을 그렸던 아버지가, 그 그림으로 한때 연풍현감이 되기도 했으나 대부분의 세월을 화원으로 살아온 아버지가 화원이 아닌 선비와 광대와 떠돌이와 중과 달이 되고 싶었다고 말한 그 의미를 이해하려 애를 씁니다. 아버지의 슬픔과 회한과 절망이 아버지의 손을 통해 그대로 전해집니다. 아버지가 내 손을 놓습니다. 나에게 기대할 것이 없다는 걸 갑자기 알아 버린 사람처럼 내 손을 놓습니다. 아버지는 느릿느릿 시 하나를 읊습니다. 내가 아버지의 마지막 모습과 함께 평생 기억하게 될 시 하나를 읊습니다.

포개진 바위로 미친 듯 달려와 겹겹 봉우리에 메아리치니
사람 소리 가까이 있어도 분간하기 어렵구나.

시비하는 소리 귀에 닿은 것을 늘 꺼려서
일부러 물을 흘려 온 산에 둘렀다.

나는 나중에야 아버지가 읊은 그 시가 최치원의 것임을 알게 됩니다. 자신을 알아주지 않는 세속을 떠나 산속에 은거한 최치원이 지은 시임을 알게 됩니다. 그러나 그것은 나중의 일입니다. 그 시의 의미를 헤아릴 겨를이 없는 지금 나는 그저 먹먹할 뿐입니다. 내 귀에는 그저 물 흐르는 소리만 들릴 뿐입니다. 깊은 산 속에서 물 흐르는 소리에 둘러싸여 홀로 자책하는 아버지의 모습만 보일 뿐입니다. 나는 그 물을 건너 아버지에게로 갈 수가 없습니다. 그 물은 나와 아버지의 경계입니다. 그러므로 나와 같이 있으나 실은 홀로인 아버지가 나를 보며 말합니다.

"세상은 꿈과 같고, 환영과 같고, 거품과 같고, 그림자와 같고, 이슬과 같고, 번개와도 같다. 내 하나뿐인 아들아, 알겠느냐?"

나는 답할 수 없습니다. 세상에 대해 잘 모르는 열세 살 나는 아버지의 다그침에 그렇다고 답할 수 없습니다. 그러나 나는 답하지 않을 수도 없습니다. 세상에 대해 잘 모르는 열세 살 나이지만, 꿈도 환영도 거품도 그림자도 이슬도 번개도 잘 모르는 나이지만, 아버지의 말을 어쩐지 이해할 수 있을 것도 같습니다. 언뜻 견고해 보이는 세상이 실은 꿈, 환영, 거품, 그림자, 이슬, 번개와 다르지 않다는 사실을 어쩌면 나는 이미 알고 있는 것 같기도 합니다. 내 머릿속에 상반된 생각이 오고 가는 동안 아버지가 다시 내 손을 잡습니다. 아버지의 손은 차갑습니다. 냉정한 가을처럼 차갑고, 무심하여 더 광폭한 가을 하늘의 달처럼 차갑습니다. 나는 그 차가움이 싫습니다. 그 차가움이 두렵고 무섭습니다. 그래서 나는 눈물을 흘립니다. 뜨거운 눈물로 차가움을 없애기 위해, 뜨거운 눈물로 두려움과 무서움을 몰아내기 위해 눈물을 흘립니다. 아버지가 손을 놓습니다. 아버지의 손이 내 얼굴로 향합니다. 아버지의 손이 내 눈물을 닦습니다. 눈물을 닦는 아버지의 손에서 바람이 입니다. 가을의 바람이 입니다. 냉정하고 광폭한 가을의 바람이 입니다. 내 눈물을 다 닦은 아버지는 눈을 감습니다. 더는 세상의 피곤을 견디기 어려운 듯 눈을 감습니다. 가을에 맞서기 위해 마지막 생기를 다 써 버린 사람처럼 눈을 감습니다. 잠시 후 아버지가 다시 눈을 뜹니다. 아버지는 빙긋 웃으며 이렇게 말합니다.

"네 학비가 걱정이구나."

5

이제 아버지는 잠이 들었습니다. 잠이 든 아버지의 표정이 편안해 보입니다. 아버지의 싸움은 이제 모두 끝났습니다. 그래서 아버지는 가을을 다 겪은 사람처럼 편안해 보입니다. 가을을 온몸으로 겪어 내고 잠이 든 아버지를 보며 아버지가 했던 말들을 생각합니다. 아버지가 쏟아 낸 많은 말들을 생각합니다. 나는 그 말들의 의미를 제대로 이해하지 못합니다. 아버지가 한 말들은 그저 내 머릿속에서 마구 엉켜 있을 뿐입니다. 마구 엉켜 있는 그 말들의 의미를 조금씩 해독하기 시작한 것은 나중의 일입니다. 한 마디 한 마디에 담긴 깊은 의미를 해독하기 시작한 것은 나중의 일입니다. 한 마디도 정확히 해독할 능력이 없는 지금 내 머릿속은 생각들과 감정들로 복잡합니다. 나는 그것들을 도저히 분리해 낼 수 없습니다. 내 머릿속에서 생각은 감정이 되고 감정은 생각이 됩니다. 어떤 게 생각이고 어떤 게 감정인지 알 수 없습니다. 그러므로 지금 내 머릿속에 있는 건 그저 아버지입니다. 생각도 감정도 오직 하나의 단어로 연결되는 바, 그저 아버지, 내 아버지입니다.

잠이 든 아버지를 바라봅니다. 이불 사이로 아버지의 발이 보입니다. 버선도 신지 않은 아버지의 맨발이 보입니다. 버선을 들어 아버지의 맨발에 신깁니다. 아버지는 꿈쩍도 하지 않습니다. 내가 버선을 신기는데 아버지는 그것도 모르고 잠에만 빠져 있습니다. 잠이 든 아버지를 바라봅니다. 발에는 버선을 신고 깊은 잠에 빠진 아버지를 바라봅니다. 무언가 어긋난 느낌이 듭니다. 잠이 든 아버지를 한참 더 바라보다 다시 버선에 손을 댑니다. 아버지의 발은 다시 맨발이 됩니다. 아버지가 발을 꼼지락거립니다. 아버지를 봅니다. 아버지는 여전히 잠이 들어 있지만 아버지의 표정은 아까보다 훨씬 편안해 보입니다.

어디선가 생황 소리가 들립니다. 내가 잘 아는 생황 소리, 아버지의 생황 소리입니다. 부드러우면서도 구슬픈 아버지의 생황 소리는 점차 가까워집니다. 점차 가까워진 소리는 마침내 내 귀에 이릅니다. 고개를 듭니다. 아버지입니다. 아버지가 내 옆에서 생황을 불고 있습니다. 쪼그리고 앉아 생황을 불고 있습니다. 사방관을 쓰고 파초 잎 위에 쪼

그리고 앉아 생황을 불고 있습니다. 아버지는 맨발입니다. 고운 맨발을 드러낸 아버지의 곁에는 술동이가 있습니다. 술에 취하고 흥에 취한 아버지가 고운 맨발을 드러내고 생황을 불고 있습니다. 내가 옆에서 바라보고 있는 것도 모른 채 술에 취해 흥에 취해 생황을 불고 있습니다. 내 마음이 움직입니다. 내 마음에 무언가가 새로 생겨납니다. 전에 없던 무언가가 새로 생겨납니다. 차가운 가을 한가운데 서 있는 내 마음에 전에 없던 무언가가 갑자기 생겨납니다.

종이를 펼칩니다. 먹을 갑니다. 붓을 듭니다. 내가 종이를 펴고 먹을 갈고 붓을 드는 수선을 피워도 아버지는 고개조차 돌리지 않습니다. 흥에 겨운 아버지는 그저 생황만을 붑니다. 생황 부는 아버지를 보며 붓을 종이 위로 가져갑니다. 손에 힘을 주니 하나의 선이 생겨납니다. 그 선을 한참 바라보다가 두 번째 선을 그려 넣습니다. 그다음은 쉽습니다. 선에 선이 더해집니다. 선에 선이 더해져 윤곽이 됩니다. 그 윤곽이 호랑이가 됩니다. 호랑이를 보고서야 나는 내가 호랑이를 그리려했음을 알았습니다. 이런 느낌은 처음입니다. 내 마음에 흥이 입니다. 흥에 취한 나는 내가 그림을 그리고 있는 줄도 모릅니다. 태어나서 처음으로 흥에 취해 나만의 그림을 그리고 있는 줄도 모릅니다. 흥에 취한 나는 아버지의 생황 소리도 듣지 못합니다. 흥에 취한 나는 아버지와 함께 있으면서도 그 사실을 잊어버렸고, 마침내는 내가 나만의 그림을 그리고 있다는 사실조차 잊어버렸습니다. 차갑고 두렵던 가을이 어느새 뜨뜻해지더니 슬쩍 궁둥이 들고 사라지고 있는 것 또한 나는 까맣게 몰랐습니다.

이야기의 끝

지 기
知己

1

『유묵첩』을 넘기던 그의 흰 손이 갑자기 멈추었다. 흘낏 보았다. 화롯불에 덴 듯 얼굴이 확 뜨거워졌다. 아버지가 내게 보낸 마지막 편지였다.

날이 몹시 차다.
집안은 편안하냐?
공부는 한결같으냐?
네 학비 걱정에 한숨만 나온다.
정신이 어지러워 길게 쓰지는 않는다.

나도 모르게 그 편지를 따라 읽고 있었다. 그의 시선을 보고서야 그 사실을 깨달았다. 방 안엔 침묵이 흘렀다. 바람에 문이 살짝 흔들렸다. 그 소리에 맞춰 그가 으흠, 헛기침을 하고선 입을 열었다.

"참으로 다정다감하신 분이었던 것 같군. 이 편지 좀 보게나. '섣달에 처음으로 눈이 내립니다. 사랑스러워 손에 꼭 쥐고 싶습니다.' 이건 또 어떤가? '시와 술로 보내는 하루, 꼭 일 년처럼 느껴집니다. 비로소 풍년일 줄 알겠습니다.' 단원자가 그림만 잘 그린다고 생각했는데 그게 아니었군. 글도 좋고 글씨도 좋고. 하나 무엇보다도 좋은 건 바로 단원 자의 따뜻한 마음이고."

내 귀가 번쩍 뜨였다. 그는 아버지를 단원자라 불렀다. 솟을대문 집 에 사는 이들이 흔히 부르는 취화사나 단원이 아니라 단원자였다. 무 슨 뜻인가? 그만큼 아버지를 존중한다는 것이다. 하긴, 그 마음은 처 음 만났을 때 이미 읽었다. 두 번째 만남이 있게 된 까닭이다. 그렇다 면 첫 만남에서 나는 그의 마음을 어떻게 읽었나?

내 긴 이야기를 다 듣고서도 그는 아무 말 하지 않았다. 대개 침묵 은 부담스러운 법이다. 그의 침묵은 달랐다. 그가 곧바로 소감을 말했 다면 오히려 나는 그를 신뢰하지 않았을 것이다. 그는 그렇게 하지 않 고 침묵을 지켰다. 그 침묵의 도움으로 나는 한꺼번에 쏟아부었던 감 정을 조금씩, 조금씩 거둬들였다. 거의 다 수습했을 때쯤에야 그가 조 용히 질문 하나를 던졌다.

"『유묵첩』이 있다는 이야기를 들었네. 사실인가?"

사실이었다. 나는 아버지가 남긴 글씨와 편지로 『유묵첩』을 만들었 다. 남에게 보이려고 만든 게 아니었다. 내가 간직하고 싶어서였다. 널 리 알릴 목적으로 만든 게 아니기에 서묵재 주인과 고송유수관도인에 게만 보였다. 그랬음에도 『유묵첩』은 저 혼자 세상을 걸어 다니며 소 문에 소문을 만들어 냈다. 그런 유의 일엔 그 누구보다 귀 밝은 이들이 바로 솟을대문 집 주인들이었다. 때문에 나는『유묵첩』을 보여 달라는 말을 참 많이도 들었고, 강압에 가까운 그 요청들을 온갖 이유를 대며 지금껏 거절해 왔다.

나는 질문을 듣자마자 그에게『유묵첩』을 보이기로 마음먹었다.『해산첩』에 대한 보답일 수도 있겠다. 그가 내 이야기를 진심으로 들어주었기 때문일 수도 있겠다. 그것들이 결정에 영향을 미친 건 사실이지만 그것들 때문에 결정한 것은 아니었다. 더 중요한 이유가 있다. 언젠가는 사람들에게『유묵첩』을 보이고 싶었기 때문이었다.

『유묵첩』은 분명 내가 따로 간직하고 싶어 만든 것이다. 그럼에도 나는『유묵첩』을 내 것이라 주장할 수 없다. 이유는 간단하다.『유묵첩』에 실린 글씨와 편지가 아버지의 것이기 때문이다. 그림을 그리면 그릴수록 나는 아버지를 더 잘 이해하게 되었다. 처음에는 머리로, 나중에는 온몸으로 이해하게 되었다. 아버지는 끝내 화원의 삶을 벗어나지 못했다고 자책하며 세상을 떠났다. 아니었다. 아버지는 화원이 아니라 화가였다. 그림 한 점 없는『유묵첩』이 바로 그 증거였다. 글씨를 보고 편지를 읽으면 아버지가 어떤 그림을 그리는 사람이었는지가 보였다. 그러니『유묵첩』은 세상에 공개되어야 마땅했다. 그럼에도 그동안 홀로『유묵첩』을 간직한 것은 때를 기다렸기 때문이었다. 기다림은 결실을 맺었다. 그와 같은 사람에게라면 기꺼이『유묵첩』을 보일 수 있었다.

2

"단원자의 말, '세상은 꿈과 같고, 환영과 같고, 거품과 같고, 그림자
와 같고, 이슬과 같고, 번개와도 같다.' 또한 『금강경』에 나와 있다네."

"역시 그랬군요."

"자네와 내 나이가 같다는 건 아는가?"

그랬던가? 그의 말을 듣고 보니 그럴 수도 있겠다 싶었다. 나는 그에
게 세속의 나이가 있다는 생각조차 하지 않았다. 나는 그를 정조의 사
위, 금상의 매제, 솟을대문 집의 남자로만 여겼다. 괜히 미안해졌다.

"결코 열세 살 시절을 잊을 수 없겠지?"

"네."

"내겐 열두 살 시절이 그렇다네."

그는 열두 살에 정조의 사위가 되었다. 호칭이 가장 먼저 바뀌었다.
사람들은 열두 살 소년을 영명위*라 부르기 시작했다. 호칭은 삶의 방
향을 바꾸는 법이다. 그의 꿈은 소박했다. 과거에 급제해 훌륭한 관리
가 되는 것. 그 소박한 꿈은 불가능한 꿈이 되었다. 그는 거의 모든 걸
자기 뜻대로 할 수 있었다. 단 하나만이 예외였다. 과거에 급제해 훌륭
한 관리가 되는 것.

"그때부터 『금강경』을 읽었다네. 비로소 마음의 평안을 얻었지. 단원

---

* 永明尉. 임금의 부마(사위)에게 내리던 벼슬.

자 또한 그러했을 것이라네."

그는 생각했던 것과는 전혀 다른 사람이었다. 지금껏 수많은 솟을대
문 집에 드나들며 아버지 이야기를 했다. 모두들 귀 기울이고 마음을
열고 아버지 이야기를 들었다. 그들은 아버지 이야기를 들은 게 아니
었다. 제대로 들었더라면 이야기를 듣는 내내 웃고 떠들 수는 없었을
것이다. 내가 한 이야기는 세상에서 가장 슬픈 이야기였다. 자신만의
그림을 그리려 내내 투쟁했던 남자의 이야기였다. 그런 이야기를 그들
은 웃고 떠들며 들은 후 한 문장으로 정리했다. 그러니 취화사고 화선
이로군.

그는 달랐다. 그는 아버지가 아닌 내 이야기를 들었다. 그런데 내 이
야기 속에서 아버지를 보았다. 나도 이해하는 데 한참 걸렸던 아버지
의 속내를 그는 내 이야기를 통해 알아챘다.

"하지만 나는 이렇게도 생각하네. 단원자는 실은 자네에게 『금강경』
을 말한 게 아닐세."

그는 자신이 조금 전에 한 말을 곧바로 부정했다. 『금강경』이 주는
위안을 이야기하던 그가, 아버지 또한 『금강경』에서 위안을 얻었을 거
라 말하던 그가 말을 바꾼 것이다.

"그렇지요. 아버지는 『금강경』을 말씀하셨지만 실은 『금강경』을 말
씀하시지 않으셨지요."

그가 오래간만에 호탕하게 소리 내어 웃었다.

"자네가 벌써 『금강경』의 묘를 이해했군. 그렇다네, 그러니까 여래는
온 곳도 없고 가는 곳도 없는 것이라네."

"여래 또한 없는 것이지요.『금강경』도 없는 것이고요."

"결국 자네와 단원자는 같은 곳을 보게 되었군. 그래서 자네 호가 긍원(肯園)인가?"

나는 아무 말도 하지 않았다. 그가 내 손을 덥석 잡으며 말했다.

"글을 하나 쓰고 싶네."

"어떤 글을 말씀하시는 겁니까?"

"자네를 위한 글, 단원자를 위한 글, 아니 둘을 위한 글을 쓰고 싶네."

3

'불법을 믿는 이들이 이 경을 받아 지니고 읽고 외우면 모두가 무량 무변 공덕을 성취할 수 있다.'

『금강경』의 말이다.

긍원 또한 이『유묵첩』을 가지고 마땅히 그렇게 해야 하리라.

그가 쓴 글을 읽었다. 다 읽고는 곧바로 글을 잊었다. 그의 말 그대로였다. 아버지는 나에게『금강경』을 말하지 않았다. 아버지는 나에게 여래도 말하지 않았다. 아버지가 나에게 말한 건 하나부터 열까지 모두 같은 것이었다. 그건 바로, 그림이었다.

나는 아버지가 남긴 또 다른 의미심장한 말들을 생각했다. 서묵재에서의 마지막 밤 아버지는 나에게 선비가 되고 싶었다고 했다. 광대가 되고 싶었다고 했다. 떠돌이가 되고 싶었다고 했다. 중이 되고 싶었다고 했다. 아니, 사실은 달이 되고 싶었다고 했다. 그때 나는 아버지의 그 의미심장한 말들을 절망과 함께 받아들였다. 아버지의 생이 허물어지는 안타까움과 함께 받아들였다. 아니었다. 아버지는 절망하지 않았다. 안타까워하지도 않았다. 실은 아버지는 선비였다. 광대였다. 떠돌이였다. 중이었다. 그리고 달이었다.

그건 바로 아버지가 화가였기 때문이다. 아버지는 그림을 그리며 선비의 삶을 살았고, 광대의 삶을 살았고, 떠돌이의 삶을 살았고, 중의 삶을 살았고, 달의 삶을 살았다. 그러니까 아버지가 내게 마지막으로 말한 것은 그것들이 되지 못한 안타까움이 아니라 그림 그리며 그것들이 되어 살아온 삶이 끝나간다는 뜻이다. 그 말을 내게 한 뜻을 이제 나는 안다. 남들을 위한 그림을 그리지 말라는 뜻이었다. 나만을 위한 그림만 그리라는 뜻이었다. 화원이 되지는 말라는 뜻이었다. 화가가 되라는 뜻이었다.

내 마음을 읽은 그가 이렇게 물었다.

"그림은 계속 그리고 있는가?"

"네."

"자네의 그림을 그리고 있는가?"

"네."

"손이 아닌 마음으로, 보이는 것이 아닌 들리는 것을 그리고 있는

가?"

"네."

"그래서 자네는 훈장 일을 하는 거로군."

"네."

"다음번에는 자네의 그림을 보고 싶네."

"형편없는 그림들뿐입니다."

"그래도 자네의 그림이겠지."

"그건 그렇지요."

나는 그저 빙긋 웃었다. 그도 따라 웃더니 내 오래된 추억 하나를 톡 건드렸다.

"매사냥 말일세."

"네?"

"단원자가 현감 자리에서 쫓겨난 건 매사냥을 즐겼기 때문이 아니라네. 사람들은 그저 화원 출신의 현감을 용납할 수 없었던 것뿐일세."

고마운 말이었다. 나는 그에게 고개를 숙였다. 아버지의 아들도 아니면서 아버지의 아들처럼 세심하게 신경을 써 준 그에게 진심으로 고마움을 표했다. 어쩌면, 어쩌면 그는 내 그림을 볼 수 있을지도 모르겠다. 내 그림의 여백에 담긴 그 소리를 어쩌면 그는 들을 수 있을지도 모르겠다. 그러나 나는 더 말하지 않고 침묵만 흐르게 내버려 둔다. 때로는 침묵이 가장 아름다운 소리인 법이니까.

단원의 사람됨은 용모가 깨끗하고 빼어나며 속에 품은 뜻이 맑으니

보는 사람들은 그가 고상하고 세속을 초월하여

어디서나 볼 수 있는 평범한 사람과 다름을 알 수 있을 것이다.

— 「단원기」에서

소년은 어떻게 어른이 되었는가

또 김홍도네, 싶겠지요? 네, 또 김홍도입니다.

궁금해서 인터넷 서점을 통해 검색해 보았더니 김홍도를 다룬 작품만도 수십 종에 이르더군요. 그중에는 머리 싸매고 읽어야 할 두툼한 학술서도 있고, 누구나 쉽게 즐길 수 있는 그림책도 있습니다. 어찌 되었건 김홍도를 이해하기엔 부족함이 없는 작품들입니다.

그런데 왜 또 김홍도냐고요?

먼 산 한 번 바라보고 할 수 있는 대답은 김홍도이니까, 입니다. 변명 하나 더 덧붙이자면 김홍도에겐 아들이 있었으니까, 일 것이고요.

네, 김홍도에겐 아들이 하나 있었습니다. 40대 후반에 얻은 아들, 김양기가 있었습니다. 늦게 얻은 아들인 까닭에 김홍도가 세상을 떠났을 때 김양기의 나이는 열넷 내지 열다섯밖에 되지 않았습니다.

아버지가 세상을 떠난 후 김양기는 어떤 삶을 살았을까요? 소년은 어떻게 어른이 되었을까요? 내가 궁금한 건 바로 그것이었습니다.

그러니까 이 글의 주인공은 김홍도가 아니라 김양기입니다. 조선 최고의 화가 김홍도가 아니라 무명에 가까운 그의 아들 김양기가 바로 이 글의 주인공입니다. 이것이 또 김홍도네, 라는 당연한 반응에 대한 저의 궁색한 변명입니다.

성품이 못 되어서 감사의 말은 잘 하지 않습니다. 하지만 이번엔 편집자의 공로를 짚고 넘어가지 않을 수가 없습니다. 세세한 사정을 늘어놓진 않겠습니다. 대책 없던 글이 이 정도나마 마무리된 건 온전히 편집자 덕분입니다.

2014년 2월
설흔

이 책에 수록된 김홍도의 작품